# 超數位讀中國文學

## 邱詩雯 著

五南圖書出版公司 印行

# 序　言

## 給外國人「看」的「階梯」中國文學史

　　這是一本給外國人看的中國文學史概論。

　　從先秦兩漢到清末，中國文學有豐富多樣的文學種類，期間名家輩出，名篇佳作浩瀚如海。當一個「老外」學習了基礎的中文，想要開始接觸古典文學時，該如何入門？這本書選擇了經過課堂實證研究、受到國際學生喜愛的文學主題與文本，用文學起源與漢字特色、《詩經》、《楚辭》、《史記》、漢樂府與古詩、陶淵明、唐詩、宋詞、戲曲、四大奇書和《聊齋誌異》、《儒林外史》等內容，以抒情傳統和敘事傳統串連，簡述流變，舉例作品，讓讀者能夠觀察一條簡要的文學發展脈絡。並且加上數位人文可視性圖像，用圖說的方式提供文學主題新穎的觀察角度。

　　整本書根據華語學習鷹架概念，我採用的詞彙、語法，用「階梯」的設計，對齊國教院三等七級的能力指標，目標從TOCFL的B1到C1，隨單元循序

漸進加深語言質量。每個單元除了解說文字和作品舉例外，還有學習重點、選文註釋、翻譯、生詞、語法，讓學習者在閱讀內容的同時，能逐步提升閱讀的能力。並且附上知識提示、問題與討論等，讓文學文化的學習能加深加廣，與時俱進。

　　如果閱讀是一趟旅行，希望所有熱愛中國古典文學和中華文化的朋友，都能不虛此行。

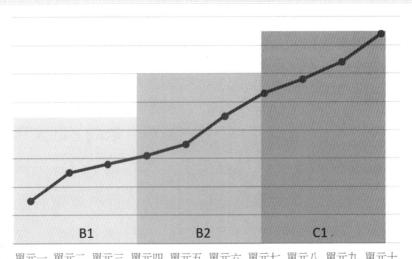

單元學習鷹架說明圖

# 歷史年表與文學單元

| | | | | |
|---|---|---|---|---|
| 商朝 | | | 1617-1046BC | 第1章<br>漢字、文學與文學史 |
| 周朝 | 西周 | | 1046-771BC | 第2章<br>抒情傳統的建立<br>——《詩經》和<br>《楚辭》 |
| | 東周 | 春秋 | 771-476BC | |
| | | 戰國 | 476-221BC | |
| 秦朝 | | | 221-207BC | |
| 漢朝 | | | 202BC-220AD | 第3章<br>敘事中的抒情<br>——《史記》<br>第4章<br>作者的身分<br>——樂府與古詩 |
| 魏晉南北朝 | | | 220-581AD | 第5章<br>文學的獨立價值<br>——陶淵明和他的<br>時代 |

| 隋朝 | 581-619AD | |
|---|---|---|
| 唐朝 | 618-907AD | 第6章<br>時代、空間與詩人<br>──唐詩 |
| 五代十國 | 907-979AD | 第7章<br>宋詞的音樂與風格 |
| 宋朝 | 960-1279AD | |
| 元朝 | 1271-1368AD | 第8章<br>戲曲中的角色與情感 |
| 明朝 | 1368-1644AD | 第9章<br>章回小說的文與白 |
| 清朝 | 1636-1912AD | 第10章<br>文人小說的真與假 |

# 特色說明

　　臺灣的大專院校敞開大門歡迎國際學生來臺就學，他們除了學習語言與專業學科外，通識課程中的文化文學也是他們高度感興趣的主題。「中國文學史概論」就是這樣的課程，除了能夠在華語文專業科系開課外，同時也會是僑外生專班國文課與通識課的適合教材。過去的中國文學史教材，多出於名家大儒之筆，用語古雅，卻不適合國際學生閱讀。並且對於作家風格、作品特色、學術風氣的形容詞彙往往過於抽象，國際學生難以掌握。數位人文技術擅長將文本透過可視性的圖像表現出來，本書整合數位人文圖像到中國文學史教材中，以具體的案例，取代抽象的說明，讓國際學生能夠實際習得中國文學史相關知能。並且因為預設讀者是國際學生，所以教材編纂會對齊國際學生學習華語國教院三等七級的能力指標編修內容，並提供詞表與選文註釋，用循序漸進的方式加深語言質量，讓國際學生一邊吸收文學史知識，陶冶人文素養，同時也逐步提高華語文閱讀能力。全書共分十個章節，每章含課文、選文翻譯、詞表、註釋、知識提示等內容。

# 編輯圖例

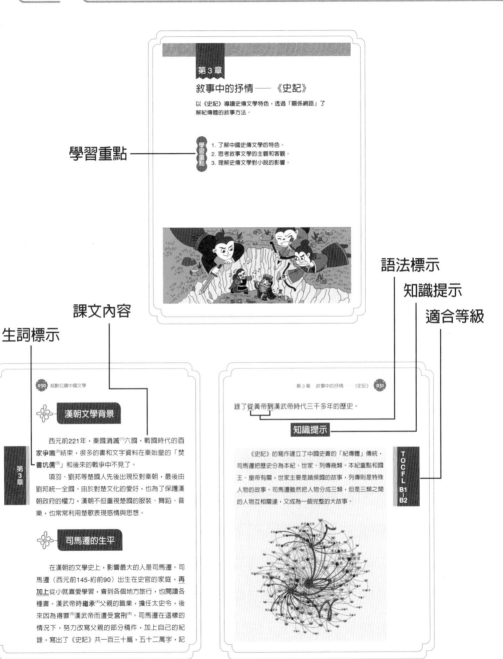

**學習重點**

第3章

敘事中的抒情——《史記》

以《史記》導讀史傳文學特色,透過「關係網路」了解紀傳體的敘事方法。

學習重點
1. 了解中國史傳文學的特色。
2. 思考敘事文學的主觀和客觀。
3. 理解史傳文學對小說的影響。

**語法標示**

**知識提示**

**適合等級**

**課文內容**

**生詞標示**

030 超對位讀中國文學

第3章

### 漢朝文學背景

西元前221年,秦國消滅⁽¹⁾六國,戰國時代的百家爭鳴⁽²⁾結束,很多的書和文字資料在秦始皇的「焚書坑儒⁽³⁾」和後來的戰爭中不見了。

項羽、劉邦等楚國人先後出現反對秦朝,最後由劉邦統一全國。由於對楚文化的愛好,也為了保護漢朝政府的權力,漢朝不但重視楚國的服裝、舞蹈、音樂,也常常利用楚歌表現感情與思想。

### 司馬遷的生平

在漢朝的文學史上,影響最大的人是司馬遷。司馬遷(西元前145-約前90)出生在史官的家庭,<u>再加上</u>從小就喜愛學習,會到各個地方旅行,也閱讀各種書。漢武帝時繼承⁽⁴⁾父親的職業,擔任太史令,後來因為得罪⁽⁵⁾漢武帝而遭受宮刑⁽⁶⁾。司馬遷在這樣的情況下,努力改寫父親的部分稿件,加上自己的紀錄,寫出了《史記》共一百三十篇,五十二萬字,記

第3章 敘事中的抒情 《史記》 031

錄了從黃帝到漢武帝時代三千多年的歷史。

知識提示

《史記》的寫作建立了中國史書的「紀傳體」傳統,司馬遷把歷史分為本紀、世家、列傳幾類。本紀重點和諸王、皇帝有關,世家主要是諸侯國的故事,列傳則是特殊人物的故事。司馬遷雖然把人物分成三類,但是三類之間的人物互相關連,又成為一個完整的大故事。

TOCFL
B1-
B2

作品選文

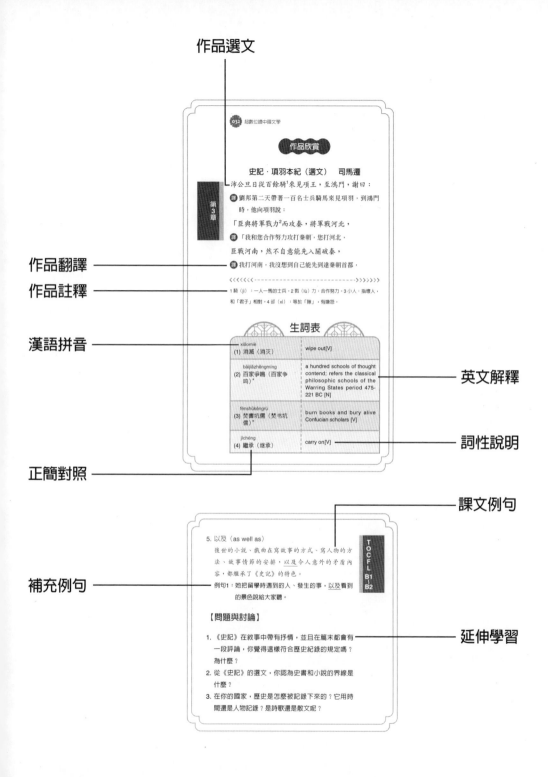

作品翻譯

作品註釋

漢語拼音

英文解釋

詞性說明

正簡對照

課文例句

補充例句

延伸學習

# 目　次

# 漢字、文學與文學史

簡介漢字文學書寫特性，結合「斷詞工具」，討論文字、語音與文學表現。

**學習重點**

1. 了解漢字特性形成的文學特色。
2. 掌握文學的敘事與抒情功能。
3. 比較自身母語與華語文的語言距離。

第
1
章

# 文字和文學

　　人類因為有文字，所以可以記錄發生過的事情，有文字的紀錄，人類的知識**才**可以被**保留**[1]到很久之後。文學是什麼？普遍來說，是用文字記錄想法的**寫作**[2]，說詳細一點，就是用藝術的方式，表達想法、感情或想像的寫作。按照功能的不同，中國文學主要可以分兩種：主要是記錄事情的「**敘事傳統**[3]」和主要是表達感情的「**抒情傳統**[4]」。

　　既然文學的基礎是文字，那麼中國文學的發展，就和漢字的特色有很深的關係。漢字來自象形[5]文字，象形文字把看到的東西用簡單的圖來表達意思。世界**越**來**越**複雜之後，原本的漢字不夠表達複雜的世界，人類很快地發展出更多不同創造文字的方法。後來時間不斷前進，漢字漸漸從一字一音一意的詞，變成雙音詞。比如有關時間的「日」、「月」，原本寫作「⊟」、「◗」，後來分成「時」和「期」，「寺」和「其」都是表示聲音；而現在的說法則是「時間」、「日期」。雖然漢語發展成雙音詞，但是漢字的一字一音的特色還是深深地影

響了文學的發展，所以中國文學重視對稱⁽⁶⁾、**押韻**⁽⁷⁾
等特色。

TOCFL B1

## 知識提示

押韻
又叫做「壓韻」，寫作時在固定的位置使用同一韻母，這
種音節被稱為「韻腳」。

春眠不覺曉，處處聞啼鳥。
夜來風雨聲，花落知多少。
對仗
作品中成對的句子，兩句字數相同，相同位置的字詞聲
調、虛實相對。

行到水窮處，坐看雲起時。

　　因為中文寫作包含單字詞與多字詞，詞與詞之間
並沒有像英文一樣有空格，所以閱讀時可能出現判
斷⁽⁸⁾錯誤的情況。例如有名的〈登幽州臺歌〉，你可
以正確的分出哪些詞是分開的嗎？

第1章

## 作品欣賞

### 登幽州臺歌　陳子昂

前不見古人，後不見來者。

**譯** 往前看不見以前的聖王，往後也看不見後來的明君。

念天地之悠悠¹，獨愴然²而涕³下。

**譯** 在這長遠的世界，我忍不住傷心而哭泣。

<<<<<<< ------------------------------- >>>>>>>

1 悠悠（yōuyōu）：長久、遙遠。 2 愴然（chuàng rán）：傷心的樣子。

3 涕（tì）：眼淚，動詞指哭泣。

## 文字、歷史和文學

　　有文字才有文學寫作，商朝（西元前1617年—前1046年）的**甲骨文**⁽⁹⁾裡面，已經有「史」這一個字，用來記錄**占卜**⁽¹⁰⁾內容，或是國家的重要事情。所以我們可以知道，負責記錄歷史的「史官」是一種傳統的職業。

　　這段時間也開始出現**專門**<sup>(11)</sup>記錄歷史的書。到今天，最有名的**先秦**<sup>(12)</sup>史書有《尚書》、《春秋》和《戰國策》等。每一本書有不同記錄歷史的方式和內容。《尚書》主要記錄國王說的話，《春秋》按照時間記錄發生的事，《戰國策》**以**<sup>(13)</sup>記錄國家為寫作方法。

## 文學史的變因

　　「一代有一代之**文學**<sup>(14)</sup>」，意思是不同時代的文學會產生只有當時才有的規則與特色。那麼，有哪些因素會影響文學史呢？時代背景是其中一個的例子，舉例來說，孔子修改、編訂《春秋》裡的一個歷史故事——「鄭伯克段於鄢」，內容講的是鄭國的國王與他的弟弟競爭誰要當國王的故事。當時的寫作工具還沒有很進步，所以文字紀錄十分簡單。但是同樣的故事，到了寫作工具變進步的《左傳》時，光是鄭國兄弟感情不好的背景說明，就使用了以下文字：

## 作品欣賞

### 左傳（選文）

初，鄭武公娶於申，曰武姜，生莊公及共叔段。

**譯** 一開始，鄭國的武公娶了申國的公主，叫做武姜，生了莊公和共叔段。

莊公寤生[1]，驚姜氏，故名曰寤生，遂[2]惡[3]之。

**譯** 莊公出生時難產，讓武姜受到驚嚇，所以取名叫做「寤生（難產）」，很討厭他。

愛共叔段，欲立之。亟[4]請於武公，公弗[5]許。

**譯** 武姜喜愛共叔段，希望能讓他當上國王，急切的要求武公，武公不答應。

<<<<<<< ------------------------------ >>>>>>>

1 寤生（wù shēng）：難產。2 遂（suì）：就。3 惡（wù）：討厭。4 亟（jí）：急切、急迫。5 弗（fú）：等於「不」。

上面的文字，只是「鄭伯克段於鄢」這段歷史故事的背景介紹，還沒有進入到故事的主要內容。但是它的字數和敘事詳細程度，都有非常明顯的差異。其中一個原因，就是因為寫作工具影響了文學紀錄方式。

　　《左傳》記錄詳細，**除了**是史書，**還**是優秀的文學作品。《左傳》的特色是有豐富的故事內容，重視事情發生的原因和結果[15]，**尤其是**寫戰爭的經過。故事結束後，會用「君子曰」表達史官的想法。這一本書對後來中國的敘事文學影響很大，很多書**模仿**[16]《左傳》的寫作方式，例如：《史記》和《三國志》都在文字最後留下看法，**甚至**小說《聊齋誌異》也有。《左傳》創造中國文學一部分的敘事傳統。

　　那麼，影響文學改變的因素還有哪些呢？

# 生詞表

| bǎoliú<br>(1) 保留 | retain, keep, reserve [V/N] |
|---|---|
| xiězuò<br>(2) 寫作（写作） | write [V] |
| xùshìchuántǒng<br>(3) 敘事傳統（叙事传统）* | narrative tradition [N] |
| shūqíngchuántǒng<br>(4) 抒情傳統（抒情传统）* | lyrical tradition [N] |
| xiàngxíng<br>(5) 象形 | hieroglyph [N] |

# 生詞表

| | |
|---|---|
| duìchèng<br>(6) 對稱（对称） | symmetry [N] |
| yāyùn<br>(7) 押韻（押韵） | rhyme [N] |
| pànduàn<br>(8) 判斷（判断） | judge, decide, determine [V/N] |
| jiǎgǔwén<br>(9) 甲骨文* | oracle bone inscriptions [N] |
| zhānbǔ<br>(10) 占卜* | divine [V] |
| zhuānmén<br>(11) 專門（专门） | specialize [V] |
| xiānqín<br>(12) 先秦* | pre-Qin period [N] |
| yǐ<br>(13) 以 | by, with [C] |
| yīdàiyǒuyīdàizhīwénxué<br>(14) 一代有一代之文學<br>（一代有一代之文学）* | Each dynasty has a prominent literary genre [Idiom] |
| jiéguǒ<br>(15) 結果（结果） | result [C] |

# 生詞表

| mófǎng<br>(16) 模仿 | imitate [V] |
| --- | --- |

※表中加上*號的生詞，是專有名詞。

## 【語法】

### 1. 才（then and only then）

有了文字的紀錄，人類的知識才可以被保留到很久之後。

例句1：他的數學非常不好，老師教了好多次他才了解。

例句2：上學前媽媽提醒妹妹記得檢查書包，才不會忘記帶東西。

---

### 2. 越……越……（the more…, the more…）

世界越來越複雜之後，原本的漢字不夠表達複雜的世界。

例句1：冬天快到了，天氣越晚越冷。

例句2：你越常陪你的家人，你們的感情就越好。

TOCFL B1

3. 除了……還……（in addition to）

《左傳》記錄詳細，除了是史書，還是優秀的文學作品。

例句1：除了早睡早起，弟弟還每天運動，保持身體健康。

例句2：妹妹收到的生日禮物除了娃娃外，還有很多零食。

---

4. 尤其是（especially）

《左傳》的特色是有豐富的故事內容，重視事情發生的原因和結果，尤其是描寫戰爭的經過。

例句1：他很喜歡吃水果，尤其是蘋果。

例句2：公園裡常常有小朋友跑來跑去，尤其是假日。

---

5. 甚至（even）

《史記》和《三國志》都在文字最後留下看法，甚至小說《聊齋誌異》也有。

例句1：她每天都喝飲料，甚至一天喝很多杯。

例句2：快開學了，老師甚至忙得連飯都吃不了。

# 【問題與討論】

1. 中文的斷詞、斷句要怎麼判斷？有沒有什麼規則？

2. 英文或其他的語言，有沒有押韻和對仗的作品呢？

國家教育研究院線上分詞系統

https://coct.naer.edu.tw/Segmentor/

TOCFL B1

# 抒情傳統的建立 ── 《詩經》和《楚辭》

介紹《詩經》、《楚辭》，從「文字雲」觀察地域造成的文學特徵。

學習重點

1. 了解文學起源與詩歌的抒情性。
2. 思考地區與文學創作風格的關係。
3. 比較自己國家文學是否有區域的差異。

# 中國最早的詩歌—《詩經》

　　在世界上很多民族的歷史中，**詩歌**<sup>(1)</sup> 都是文學最早的種類。中國文學最早的詩歌，多數的作者都不能確定，被整理變成《詩經》這本書。《詩經》是中國第一部詩歌集，收入了西周到春秋（西元前1046—西元前476年）大約五百多年間，在黃河地區的詩歌。它一共有三百零五首，又**稱**<sup>(2)</sup>「詩三百」。

　　《詩經》的內容包含風、雅、頌三個部分。「風」是黃河地區十五個**諸侯國家**<sup>(3)</sup>的詩歌，又叫做「十五國風」。「雅」是宴會的音樂；「頌」主要是**祭祀**<sup>(4)</sup>的音樂。其中最抒情的部分就是「風」，比如〈關雎〉就是有名的作品。在《詩經》的文學寫作技巧中，賦、比、興是三種常見的藝術表現方法。賦就是直接寫事情的經過，比就是**比喻**<sup>(5)</sup>，興就是**聯想**<sup>(6)</sup>。它們與風、雅、頌一起叫做「**六義**<sup>(7)</sup>」。

## 作品欣賞

### 關雎[1]

關關雎鳩[2]，在河之洲[3]。

譯 關關叫著的水鳥，在河中的沙洲。

窈窕淑[4]女，君子好逑[5]。

譯 美好的女子，是君子適合的配偶。

參差[6]荇菜[7]，左右流之。

譯 長短不齊的水草，左右兩邊摘采。

窈窕淑女，寤寐[8]求之。

譯 美好的女子，我日夜都想追求她。

求之不得，寤寐思服[9]。

譯 無法如願追求到，日日夜夜想念。

<<<<<<<< -------------------------------- >>>>>>>>

1 關雎（guān jū）：《詩經》往往每篇都用第一句裡的 2～4 個字作為篇名。2 關關（guānguān）：鳥叫聲。雎鳩（jūjiū）：一種水鳥。3 洲（zhōu）：水中的陸地。4 窈窕（yǎo tiǎo）：美好的樣子。淑（shú）：品德好。5 逑（qiú）：配偶，另一半。6 參差（cēn cī）：長短不一的樣子。7 荇菜（xìng cài）：可以吃的水草。8 寤（wù）：睡醒。寐（mèi）：睡著。9 思服：想念。

第2章

悠哉悠哉[10]！輾轉反側[11]。

譯 不斷的想念，翻來翻去沒法睡著。

參差荇菜，左右采[12]之。

譯 長短不齊的水草，左右兩邊摘采。

窈窕淑女，琴瑟友之[13]。

譯 美好的女子，我用音樂來交朋友。

參差荇菜，左右芼[14]之。

譯 長短不齊的水草，左右兩邊摘采。

窈窕淑女，鐘鼓樂之。

譯 美好的女子，我演奏音樂討好她。

<<<<<<< ------------------------------------- >>>>>>>

10 悠哉（yōu zāi）：悠是想念的意思，哉是語句詞，「悠哉」也就是「想念啊」。今天比較常用的意思是「悠閒自得」的意思。11 輾轉（zhǎn zhuǎn）：轉動。「輾轉反側」是成語，形容因為有心事睡不著的樣子。12 采（cǎi）：等於「採」，摘。13 琴瑟（qín sè）：樂器。友之：「友」當動詞，和她交朋友。14 芼（mào）：選取。

## 知識提示

賦：直接敘述，A就是A。例句：我愛你。

比：比喻，A像B。例句：我的愛像星星一樣數不完。

興：聯想，看到A想起B。例句：看見玫瑰，就想起你。

TOCFL B1

 ## 《詩經》的影響

　　《詩經》的主題和內容豐富，來自現實生活的詩表達心中的心情與想法，是中國詩歌抒情傳統的開始。同時，它的語言文字因為結合詩、樂、舞，所以表現的方法都<u>跟</u>音樂<u>有關</u>。首先，它有許多重言、雙聲、疊韻，這些表現的方法會不斷地使用。再來，詩歌中的虛詞**不但**讓音韻和諧[8]，**還**表達語氣[9]。最後，《詩經》要配合音樂歌唱，字、句要整齊[10]，所以常常句子一再出現，只改變其中少數的文字，讓詩歌能不斷歌唱。

第
2
章

## 知識提示

重言：使用相同的字或詞，如：「關關」、「悠哉悠
　　　哉」。
雙聲：拼音前半的聲母相同，如「參差（cēn cī）」
疊韻：拼音後半的韻尾相同，如「窈窕」（yǎo
　　　tiǎo）」。

## 長江地區的《楚辭》

　　在《詩經》之後，《楚辭》是戰國時代（西元
前476—西元前221年）有名的文學。「楚」是當時
長江附近的國名，「辭」就是文章寫作。《楚辭》
和《詩經》最大的不同，就是多數的作者都是確定
的，其中，又以屈原最有名。

　　屈原（西元前340-西元前278年）是楚國貴族，
曾經當楚國國王的重要官員。當時是戰國末年，秦
國要佔領[11]其他國家，當時的楚國因為土地很大，
資源很多，是秦國最希望得到的國家。秦國想用計
謀[12]騙楚王，屈原告訴楚王不要相信秦國，但是

楚王不聽，還把屈原趕離開首都。屈原在外面的生活中，接觸當地的人民和他們的音樂，寫了很多作品，很多都在說政治理想不能實現的困難，和自己受到不公平對待的心情。除了自己抒情的作品，屈原還改寫《九歌》。《九歌》本來是民間祭歌，由屈原改寫<u>並且</u>保留下來。想像豐富，表達詩人的熱情。後來，屈原看到自己的國家被秦國結束了，非常難過，最後在五月五日跳河，中國的端午節有一些活動也<u>跟</u>紀念屈原<u>有關</u>。

## 作品欣賞

### 九歌・山鬼　屈原

若有人兮山之阿[1]，被薜荔兮帶女蘿[2]。

**譯** 好像有人在那山邊的角落，身披著薜荔腰帶著女蘿。

<<<<<<< ------------------------------- >>>>>>>

1 若：好像。兮（xī）：語氣助詞「啊」，《楚辭》中常常使用「兮」表達情緒。阿（ē）：角落。2 被（pī）：等於「披」。薜荔（bì lì）：草名（Creeping Fig）。女蘿（luó）：又叫「兔絲」（dodder），藤蔓植物名。

既含睇兮又宜笑[3]，子慕予兮善窈窕[4]。

譯 眼中含情多麼美好的笑容，你會愛慕我美好的樣子。

乘赤豹兮從文狸[5]，辛夷車兮結桂旗[6]。

譯 我乘著赤豹後面跟隨狸貓，車上裝飾著香花和桂旗。

被石蘭兮帶杜衡[7]，折芳馨兮遺[8]所思。

譯 我身披著香花腰帶著香草，我摘取香花香草送給你。

余處幽篁[9]兮終不見天，路險難兮獨後來。

譯 我在深山竹林裡不見天日，道路難行所以你來遲了。

表獨立兮山之上，雲容容[10]兮而在下。

譯 我一個人站在高高的山上，山中的雲霧飄動在腳下。

《《《《《《《 ------------------------------------ 》》》》》》》

3 睇（dì）：眼中有情微微斜看的眼神。宜笑：美好的笑容。4 子：等於「你」。予：等於「我」，山鬼的自稱。5 從：跟隨。文狸：毛色有花紋的狸貓（civet cat）。6 辛夷（xīn yí）：又名木筆、迎春，香花名（Purple Magnolia）。結：編織。桂旗：用桂枝做的旗。7 石蘭（lán）：又叫「山蘭」，香草名（pyrrosia leaves）。杜衡（dù héng）：又叫「馬蹄草」，香草名（Forbes Wildginger）。8 芳馨（fāng xīn）：香花香草。遺（wèi）：送給。9 余（yú）：等於「我」。篁（huáng）：竹林。10 容容：飄動的樣子。

杳冥冥兮羌晝晦[11]，東風飄兮神靈雨。

譯 白天的天色陰暗好像黑夜，東風飄起神靈降下雨水。

留靈修兮憺忘歸[12]，歲既晏兮孰華予[13]。

譯 想和你開心相聚忘了回去，年紀老去怎麼像花美麗。

采三秀[14]兮於山間，石磊磊兮葛蔓蔓[15]。

譯 採取山中最珍貴的靈芝草，道路充滿石頭以及雜草。

怨公子兮悵[16]忘歸，君思我兮不得閒。

譯 你忘了回來讓我非常失望，你不想我嗎怎會沒時間。

山中人兮芳杜若[17]，飲石泉兮蔭松柏[18]。

譯 山中人就像香草一樣芬芳，喝著泉水住在松柏之下。

<<<<<<< -------------------------------- >>>>>>>

11 杳冥冥（miǎo míng míng）：天色陰暗。晝（zhòu）：白天。晦（huì）：陰暗。12 靈修 (líng xiū)：喜歡的人。憺（dàn）：快樂。歸（guī）：回去。13 晏（yān）：晚。華：等於「花」，動詞，「使……年輕」。14 三秀：靈芝草（White crane flower）。15 磊磊（lěi lěi）：很多石頭。葛（gě）：草名（Kudzu）。蔓蔓（màn màn）：伸展的樣子。16 公子：男子，山鬼喜歡的人。悵（chàng）：失望。17 杜若（dù ruò）：香草名（Japanese Pollia）。18 蔭（yìn）：遮蔽，指住在松柏之下。

第
2
章

君思我兮然疑作。

譯 你想我嗎我心中非常懷疑？

雷填填兮雨冥冥，猿啾啾兮狖[19]夜鳴。

譯 打起雷電同時也下起大雨，入夜時間猿聲不斷鳴叫。

風颯颯兮木蕭蕭[20]，思公子兮徒離[21]憂。

譯 風吹樹葉發出巨大的聲音，我想念你只是增加煩惱。

<<<<<<< ----------------------------- >>>>>>>

19 啾啾（jiū jiū）：猿猴的叫聲。狖（yòu）：長尾猿（gibbon）。20 颯颯（sà sà）：風聲。蕭蕭（xiāo xiāo）：風吹樹葉的聲音。21 徒（tú）：等於「只」。離（lí）：等於「罹」（lí），受到。

## 《楚辭》的寫作

　　《楚辭》的形式和《詩經》一句話多用四個字不同，每句多用六個字，加上句中「兮」字，調整語氣，產生不同的美感。《楚辭》結合《詩經》的比喻和神話的想像，利用**象徵**[13]寫法，以天氣、香草和美人說明自己的心情、個性與對象。

## 《楚辭》的影響

　　《楚辭》雖然是戰國末年長江地方浪漫文學的代表，但是影響中國文學很大。原因是楚國雖然被秦國結束了，秦國不久後建立秦帝國。<u>由於</u>秦皇帝治理<sup>(14)</sup>國家的方式很嚴格，人民不願意接受，帝國不到十五年又被楚人項羽、劉邦結束。後來劉邦打敗項羽，建立漢朝，把首都安排在西安，楚國的詩和黃河地方的文化結合在一起，變成抒情傳統，影響後人。

## 生詞表

| | |
|---|---|
| shīgē　shī<br>(1) 詩歌／詩（诗歌／诗） | poem, poetry [N] |
| chēng<br>(2) 稱（称） | call（叫做）[V] |
| zhūhóuguójiā<br>(3) 諸侯國家（诸侯国家）* | state, vassal state [N] |
| jìsì<br>(4) 祭祀 | worship gods or ancestors [V] |

# 生詞表

| | |
|---|---|
| bǐyù<br>(5) 比喻 | metaphor [V] |
| liánxiǎng<br>(6) 聯想（联想） | associate [V] |
| liù yì<br>(7) 六義（六义）* | classification and expression techniques of the Book of Songs [Idiom] |
| héxié<br>(8) 和諧（和谐） | harmonious [A] |
| yǔqì<br>(9) 語氣（语气） | tone [N] |
| zhěngqí<br>(10) 整齊（整齐） | tidy [A] |
| zhànlǐng<br>(11) 佔領（占领） | occupy [V] |
| jìmóu<br>(12) 計謀（计谋） | plot [C] |
| xiàngzhēng<br>(13) 象徵（象征） | symbol [V] |
| zhìlǐ<br>(14) 治理 | govern [V] |

※表中加上*號的生詞，是專有名詞。

第2章

# 【語法】

## 1. 跟……有關（related to）

它的語言文字因為結合詩、樂、舞，所以表現的方法都<u>跟</u>音樂<u>有關</u>。

例句1：老師開心的原因<u>跟</u>我們的英文成績<u>有關</u>。

例句2：哥哥會生病應該<u>跟</u>昨天的午餐<u>有關</u>。

TOCFL B1

## 2. 不但……還……（not only…but also）

詩歌中的虛詞<u>不但</u>讓音韻和諧，<u>還</u>表達語氣。

例句1：這間學校<u>不但</u>有新的設備，<u>還</u>有很棒的老師和同學。

例句2：放學後，我<u>不但</u>洗了衣服，<u>還</u>整理了房間。

## 3. 並且……（in addition）

《九歌》本來是民間祭歌，由屈原改寫<u>並且</u>保留下來。

例句1：妹妹買了一個抱枕<u>並且</u>把它包裝起來，當作禮物送給哥哥。

例句2：老師希望同學每天都要寫作業，<u>並且</u>準時到學校。

4. 由於……（because of）

由於秦皇帝治理國家的方式很嚴格，人民不願意接受，帝國不到十五年又被楚人項羽、劉邦結束。

例句1：由於外面突然下大雨，運動會取消了。

例句2：由於早餐吃太多，我現在吃不下任何東西。

## 【問題與討論】

1. 今天的華語歌詞，作詞人有沒有不同區域的差別？說說你的看法。

2. 不同的地區會有不同風格的音樂，你能不能找出你的國家兩種不同地區的代表音樂，談一談它們有什麼特色呢？

3. 文字雲是把文字依照出現頻率畫成的圖，下面是依照風、雅、頌和《楚辭》畫成的文字雲，你能不能從圖片中猜一猜詩歌的內容呢？你看到的關鍵詞是什麼？

**TOCFL B1**

風

雅

第2章

予小子 淮夷 野
降福 嗟 魯侯 徂 無疆
文王 止 予 敬 降
成 馬 俾 天 斯 自 無 且 上帝
克 為 及 在 不 以 於 時 厥 敢 莫 率
戻 大 彼 既 之 有 其 是 命 亦 德 奄
至 綏 保 將 維 于 我 駜 享 駉
與 四方 我 來 受 思 而 作 公 顯
國 允 多 周 駜 假 如 乎 薄言
爾 下 載 夙夜 商 眉壽
求 客 湯 孫

頌

離 芳 下 辰 並 令 欲 望
路 君 夫 自 又 不 可 可
是 朝 思 忽 乎 余 極 不 為 所 何以
死 獨 未 將 何 也 其 此 惟 以為
來 從 中 聊 知 焉 吾 願 能 若 得羌
遠 乗 在 既 心 有 日 執 時 聞 信
言 行 無 於 上 故
至 紛 誰 使 於

《楚辭》

# 敘事中的抒情——《史記》

以《史記》導讀史傳文學特色,透過「關係網路」了解紀傳體的敘事方法。

**學習重點**

1. 了解中國史傳文學的特色。
2. 思考敘事文學的主觀和客觀。
3. 理解史傳文學對小說的影響。

第3章

# 漢朝文學背景

西元前221年，秦國消滅[1]六國，戰國時代的百家爭鳴[2]結束，很多的書和文字資料在秦始皇的「焚書坑儒[3]」和後來的戰爭中不見了。

項羽、劉邦等楚國人先後出現反對秦朝，最後由劉邦統一全國。由於對楚文化的愛好，也為了保護漢朝政府的權力，漢朝不但重視楚國的服裝、舞蹈、音樂，也常常利用楚歌表現感情與思想。

# 司馬遷的生平

在漢朝的文學史上，影響最大的人是司馬遷。司馬遷（西元前145-約前90）出生在史官的家庭，**再加上**從小就喜愛學習，會到各個地方旅行，也閱讀各種書。漢武帝時繼承[4]父親的職業，擔任太史令，後來因為得罪[5]漢武帝而遭受宮刑[6]。司馬遷在這樣的情況下，努力改寫父親的部分稿件，加上自己的紀錄，寫出了《史記》共一百三十篇，五十二萬字，記

錄了<u>從</u>黃帝<u>到</u>漢武帝時代三千多年的歷史。

# 知識提示

TOCFL B1~B2

　　《史記》的寫作建立了中國史書的「紀傳體」傳統，司馬遷把歷史分為本紀、世家、列傳幾類。本紀重點和國王、皇帝有關，世家主要是諸侯國的故事，列傳則是特殊人物的故事。司馬遷雖然把人物分成三類，但是三類之間的人物互相關連，又成為一個完整的大故事。

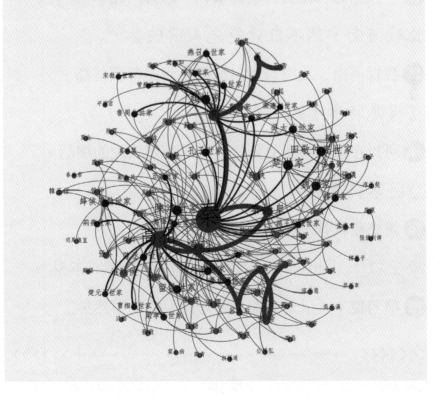

# 作品欣賞

## 史記・項羽本紀（選文）　司馬遷

沛公旦日從百餘騎[1]來見項王，至鴻門，謝曰：

譯 劉邦第二天帶著一百名士兵騎馬來見項羽，到鴻門時，他向項羽說：

「臣與將軍戮力[2]而攻秦，將軍戰河北，

譯 「我和您合作努力攻打秦朝，您打河北，

臣戰河南，然不自意能先入關破秦，

譯 我打河南，我沒想到自己能先到達秦朝首都，

得復見將軍于此。今者有小人[3]之言，

譯 可以在這裡再次見到您。今天有壞人說的壞話，

令將軍與臣有郤[4]。」

譯 讓您和我有一些誤會。」

項王曰：「此沛公左司馬曹無傷言之；不然，

譯 項羽說：「這是您部下曹無傷說的，不然，

<<<<<<< ------------------------------- >>>>>>>

1 騎（jì）：一人一馬的士兵。2 戮（lù）力：合作努力。3 小人：指壞人，和「君子」相對。4 郤（xì）：等於「隙」，有嫌怨。

籍何以至此？」項王即日因留沛公與飲。

🈂️ 我怎麼會這樣呢？」項羽當天就留下劉邦參加酒宴。

項王、項伯東向坐，亞父⁵南向坐。

🈂️ 項羽和項伯向東坐在主人的位子，教父向南坐。

亞父者，范增也。沛公北向坐，張良西向侍⁶。

🈂️ 教父就是范增。劉邦向北坐，張良向西作陪。

范增數目項王，舉所佩玉玦⁷以示之者三⁸，

🈂️ 范增幾次看項羽，多次舉起他的玉珮當作暗號，

項王默然不應。范增起，出召項莊⁹，謂曰：

🈂️ 項羽都不說話沒有回應。范增站起來，走到外面，叫
　　來項莊說：

「君王爲人不忍。若入前爲壽，壽畢，

🈂️ 「我們的大王爲人心軟。你進去敬酒，敬酒後，

請以劍舞，因擊沛公於坐，殺之。不者，

🈂️ 你就請示要表演舞劍，趁著劉邦坐著時把他殺了。不然，

<<<<<<< -------------------------------- >>>>>>>

5 亞：次。項羽尊稱范增為亞父。6 侍：作陪。7 玉玦（jué）：半環形的
玉，范增和項羽兩人間的暗號。8 三：多次。9 項莊：項羽的堂弟，武士。

若屬皆且爲所虜。」莊則入爲壽。壽畢，曰：

譯 你們以後都會被他俘虜。」項莊就進帳中敬酒，然後
　　說：

「君王與沛公飲，軍中無以爲樂，請以劍舞。」

譯 「大王和劉邦喝酒，軍中沒什麼娛樂，就請讓我表演
　　舞劍吧！」

項王曰：「諾。」項莊拔劍起舞，

譯 項羽說：「好。」項莊拔出劍開始表演，

項伯亦拔劍起舞，常以身翼蔽[10]沛公，莊不得擊。

譯 項伯也拔出劍表演，並常以身體保護擋住劉邦，項莊
　　沒辦法攻擊他。

於是張良至軍門見樊噲[11]。樊噲曰：

譯 因此張良到軍營門口找樊噲。樊噲問道：

「今日之事何如？」良曰：「甚急！

譯 「今天的事情怎麼樣？」張良說：「很危險！

<<<<<<< -------------------------------- >>>>>>>

10 翼：翅膀。蔽：遮蔽。打開雙手保護。11 樊噲（kuài）：劉邦的部下，
武士。

今者項莊拔劍舞，其意常在沛公也。」

㉣ 現在項莊拔劍表演，常在劉邦身上打主意。」

噲曰：「此迫矣！臣請入，與之同命[12]。」

㉣ 樊噲說：「這太危險了！讓我進去，跟劉邦一起生死。」

噲即帶劍擁盾入軍門。

㉣ 樊噲立刻帶著劍和盾牌進入軍營。

交戟之衛士[13]欲止不內，樊噲側其盾以撞，

㉣ 守門的士兵想擋住他不讓他進去，樊噲側身用盾牌一撞，

衛士仆地，噲遂入，披帷西向立，

㉣ 士兵跌倒，樊噲就進去了，他掀開帳幕向西一站，

瞋目[14]視項王，頭髮上指，目眥[15]盡裂。

㉣ 瞪著眼睛看項羽，氣得連頭髮都豎起來，眼眶都要裂開。

<<<<<<< --------------------------------- >>>>>>>

12 之：代名詞，指劉邦。同命：一起生死。13 交戟（jǐ）之衛士：戟，武器，指守門的士兵。14 瞋（chēn）目：瞪著眼睛。15 目眥（zì）：眼眶。

第
3
章

項王按劍而跽[16]曰：「客何爲者？」

譯 項羽按著劍把身體跪直問：「您是幹什麼的？」

張良說：「沛公之參乘[17]樊噲者也。」

譯 張良說：「這是沛公的隨身保護人員樊噲。」

項王曰：「壯士！賜之卮[18]酒。」則與斗卮酒。

譯 項羽說：「壯士！送你一杯酒。」旁人就給他一大杯
　　酒。

噲拜謝，起，立而飲之。

譯 樊噲下跪感謝後，站起來，站著把酒喝乾。

項王曰：「賜之彘肩[19]。」則與一生彘肩。

譯 項羽說：「再請你吃豬腳。」旁人就給他一隻生的豬
　　腳。

樊噲覆其盾於地，加彘肩上，拔劍切而啖[20]之。

譯 樊噲就把盾牌放在地上，再把豬腳放在盾牌上，拔劍
　　切肉吃了起來。

<<<<<<< -------------------------- >>>>>>>

16 跽（jì）：跪直身子，準備站起來。17 乘（shèng）：馬車。參乘：指
隨身保護的人。18 卮（zhī）：酒杯。19 彘（zhì）：豬。彘肩：指豬的
前腳。20 啖（dàn）：吃。

項王曰：「壯士！能復飲乎？」

譯 項羽說：「壯士！還能再喝嗎？」

樊噲曰：「臣死且不避，卮酒安足辭！

譯 樊噲說：「我連死都不怕，一杯酒哪裡值得推辭！

夫秦王有虎狼之心，殺人如不能舉，

譯 秦王有虎狼一樣的心腸，殺人怕不能殺盡，

刑人如恐不勝，天下皆叛之。

譯 處罰人怕不能用盡刑罰，所以天下的人都反對他。

懷王[21]與諸將約曰：『先破秦入咸陽者王之。』

譯 楚懷王曾與各位將軍約定：『誰先打敗秦王進入咸陽，就立他為王。』

今沛公先破秦入咸陽，毫毛不敢有所近，

譯 現在劉邦最先打敗秦王進入咸陽，連最小的事物都不敢靠近，

封閉宮室，還軍霸上，以待大王來。

譯 關閉皇宮，讓軍隊退守霸上，等待大王您的到來。

《《《《《《 ------------------------------- 》》》》》》

21 懷王：戰國時楚懷王之孫，項羽、劉邦都尊他為王。

TOCFL B1~B2

故遣將守關者，備他盜出入與非常也。

譯 他派士兵守住城防，是爲了防備盜賊出入或發生意外而已。

勞苦而功高如此，未有封侯之賞，而聽細說[22]，

譯 這樣勞苦功高的人，您不但沒有給他封侯的獎賞，反而相信壞人的話，

欲誅有功之人。此亡秦之續耳，

譯 想殺有功勞的人。這是繼續著秦國滅亡的方向，

竊[23]爲大王不取也。」項王未有以應，曰：

譯 我個人替大王您覺得不應該。」項羽沒有回應，只說：

「坐。」樊噲從良坐。

譯 「坐下。」樊噲就坐在張良旁邊。

坐須臾，沛公起如廁[24]，因招樊噲出。

譯 坐了一會兒，劉邦去上廁所，就叫樊噲跟他一起出去。

<<<<<<< ------------------------------------------- >>>>>>>

22細說：小人說的壞話。23竊：「我」的自稱。24如：去。如廁：去廁所。

# 知識提示

　　象棋是中華傳統文化的遊戲，象棋分為黑和紅兩種顏色，黑色代表項羽，紅色則是劉邦。棋盤的中間叫做「楚河漢界」，開局由紅色的一方先走，原因是懷王曾和項羽、劉邦約定「先入關中者為王」，也就是帶兵先到西安的人可以先當王，後來劉邦成功先到西安，所以象棋都是由紅色一方開始。可以知道，這段故事影響華人文化很深。在你的國家有沒有什麼重要的歷史故事？其中有沒有和下棋有關的呢？

TOCFL B1~B2

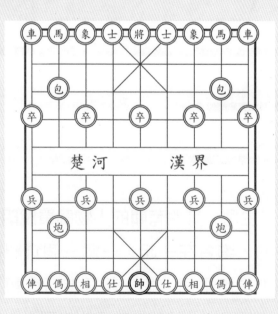

第
3
章

## 《史記》的價值

　　《史記》是中國第一本**紀傳體**[(7)]通史，也是一部偉大的文學作品，有人說它是「史家之絕唱，無韻之〈離騷〉」，說明它**不論**在史學中或在文學中，都是非常好的作品。司馬遷寫三千多年的歷史，不可能每個人物都很詳細的寫，所以開發出附傳、類傳、合傳的幾種方法。我們用分布圖看這三種不同的種類，會像下面這樣：

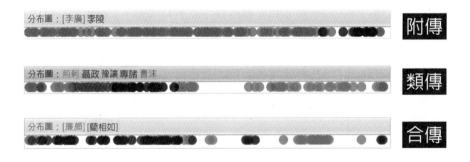

附傳是除了主角，其他有關的人物簡單說明；類傳是把同類型的人物合在一起，一個一個介紹後說出看法；合傳則是用兩個人物一起寫進行比較。司馬遷在寫歷史的過程中，**始終**[(8)]表現他的觀點。他通常用「太史公曰」表達看法，當遇到不好直接說出的事

情，他會用對比的方式反映事實。並且因為他的人生故事，他會把自己和歷史人物很像的部分結合在一起。所以《史記》雖然是敘事傳統的作品，但是司馬遷把他的社會理想和個性表達在作品中，也有一定程度的抒情性。比如項羽最後失敗時「四面楚歌」的故事，感嘆(9)英雄末路、沒有解決辦法的心情。雖然寫項羽，不也是司馬遷自己的心情嗎？

## 作品欣賞

### 史記・項羽本紀（選文）　司馬遷

項王軍壁垓下¹，兵少食盡，

譯 項羽的軍隊被困在垓下，士兵少糧食也吃完，

漢軍及諸侯兵圍之數重²。夜聞漢軍四面皆楚歌，

譯 被漢軍和其他軍隊重重包圍。晚上聽到漢軍從四方周圍唱著楚地的歌，

項王乃大驚曰：「漢皆已得楚乎？

譯 項羽因此大為吃驚說：「漢軍已經得到楚地了嗎？

<<<<<<<< -------------------------------- >>>>>>>>

1 垓（gāi）下：地名。2 重（chóng）：層。數重：層層圍住。

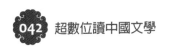

是何楚人之多也！」項王則夜起，飲帳中。

(譯) 怎麼裡面有那麼多楚地的人！」項羽就深夜起來，在帳篷中喝酒。

有美人名虞，常幸從³；駿馬名騅⁴，常騎之。

(譯) 有一個叫做虞姬的美人，常陪著項羽；有一匹叫做烏騅的好馬，常是項羽的坐騎。

於是項王乃悲歌慷慨⁵，自為詩曰：

(譯) 因此項羽就很感嘆，自己作詩說：

「力拔山兮氣蓋世，時不利兮騅不逝。

(譯) 「力氣能夠拔起大山，豪氣是這世上最強，但是時間對我不利，我的烏騅跑得再快也無法逃離。

騅不逝兮可奈何⁶，虞兮虞兮奈若何！」

(譯) 我的烏騅無法逃離怎麼辦呢？虞姬啊虞姬你又怎麼辦呢？」

<<<<<<< ------------------------------------ >>>>>>>

3 幸從：跟隨。4 騅（zhuī）：毛色同時有蒼色和白色的馬。5 慷慨（kāng kǎi）：感嘆。6 奈（nài）何：如何。

歌數闋[7]，美人和[8]之。項王泣數行下，

譯 唱了幾次，虞姬跟著一起歌唱。項羽哭得非常悲傷，

左右皆泣，莫能仰[9]視。

譯 旁邊的人也一起哭，都不能抬頭看他。

<<<<<<<< -------------------------------- >>>>>>>>

7 闋（què）：歌詞的段落。8 和（hè）：跟著一起歌唱。9 仰（yǎng）：抬頭。

## 《史記》的影響

　　《史記》**無論**在中國史學史還是在中國文學史上，都是重要的**里程碑**[(10)]。《史記》創立的紀傳體，是中國史書「正史」的**模範**[(11)]。**就**文學**而言**，它對古代的小說、戲劇、**傳記文學**[(12)]、**散文**[(13)]，都有廣泛而深遠的影響。《史記》作為中國第一本描寫人物為主的大規模作品，充滿對話，為後來的文學發展提供了重要的基礎。在後來的小說、戲劇中，不但在人物形象和**題材**[(14)]的選擇多來自《史記》，而且寫故事的方式、寫人物的方法、故事情節的安排，**以及**令人意外的**矛盾**[(15)]內容，都繼承了《史記》的特色。

# 生詞表

| | |
|---|---|
| xiāomiè<br>(1) 消滅（消灭） | wipe out[V] |
| bǎijiāzhēngmíng<br>(2) 百家爭鳴（百家争鸣）* | a hundred schools of thought contend; refers the classical philosophic schools of the Warring States period 475-221 BC [N] |
| fénshūkēngrú<br>(3) 焚書坑儒（焚书坑儒）* | burn books and bury alive Confucian scholars [V] |
| jìchéng<br>(4) 繼承（继承） | carry on[V] |
| dézuì<br>(5) 得罪 | offend [V] |
| gōngxíng<br>(6) 宮刑* | palace torture [N] |
| jìzhuàn tǐ<br>(7) 紀傳體（纪传体）* | history presented genre based on biography [N] |
| shǐzhōng<br>(8) 始終（始终） | always [Ad] |
| gǎntàn<br>(9) 感嘆（感叹） | exclamation [N] |

# 生詞表

| | |
|---|---|
| lǐchéng bēi<br>(10) 里程碑 | milestone [N] |
| mófàn<br>(11) 模範（模范） | role model [N] |
| zhuànjìwénxué<br>(12) 傳記文學（传记文学） | Biography in literature [N] |
| sǎnwén<br>(13) 散文 | prose [N] |
| tícái<br>(14) 題材（题材） | subject matter [N] |
| máodùn<br>(15) 矛盾 | contradiction [N] |

TOCFL B1～B2

※表中加上＊號的生詞，是專有名詞。

【語法】

1. 再加上（furthermore）

司馬遷出生在史官的家庭，<u>再加上</u>從小就喜愛學習，會到各個地方旅行，也閱讀各種書。

例句1：妹妹因為想慶祝大學畢業，<u>再加上</u>之前存了足夠的錢，所以預計下個月要出國玩。

例句2：戰爭的爆發，<u>再加上</u>收成不好，讓這個國家的人民非常辛苦。

---

2. 從……到……（from…to…）

司馬遷寫出了《史記》共一百三十篇，五十二萬字，記錄了<u>從</u>黃帝<u>到</u>漢武帝時代三千多年的歷史。

例句1：要考試了，今天我<u>從</u>早上八點<u>到</u>晚上六點都在讀書。

例句2：走路<u>從</u>我家<u>到</u>我的學校只要三分鐘。

---

3. 不論／無論（whether）

《史記》<u>無論</u>在中國史學史還是在中國文學史上，都是重要的里程碑。

例句1：<u>不論</u>晴天還是雨天，媽媽都會開車帶我去學校。

例句2：<u>無論</u>你要不要參加這個比賽，比賽那天你都
　　　要到。

---

## 4. 就⋯⋯而言（as far as）

<u>就</u>文學<u>而言</u>，它對古代的小說、戲劇、傳記文
學、散文，都有廣泛而深遠的影響。

例句1：<u>就</u>彈鋼琴的技巧<u>而言</u>，弟弟絕對是班上的第
　　　一名。

例句2：<u>就</u>成績<u>而言</u>，小明能考上一間好大學。

TOCFL B1~B2

---

## 5. 以及（as well as）

後世的小說、戲曲在寫故事的方式、寫人物的方
法、故事情節的安排，<u>以及</u>令人意外的矛盾內
容，都繼承了《史記》的特色。

例句1：她把留學時遇到的人、發生的事，<u>以及</u>看到
　　　的景色說給大家聽。

例句2：媽媽把蛋、麵粉<u>以及</u>水都放在桌上，準備要
　　　做蛋糕。

【問題與討論】

1. 《史記》在敘事中帶有抒情，並且在篇末都會有一段評論，你覺得這樣符合歷史紀錄的規定嗎？為什麼？

2. 從《史記》的選文，你認為史書和小說的界線是什麼？

3. 在你的國家，歷史是怎麼被記錄下來的？它用時間還是人物記錄？是詩歌還是散文呢？

# 作者的身分 —— 樂府與古詩

舉漢樂府為例,利用「關鍵詞分布」看詩歌敘事中的對話運用。

**學習重點**

1. 能了解漢樂府的主題和詩歌價值。
2. 能掌握漢古詩情景交融的審美特色。
3. 能思考作者身分和詩歌創作的關係。

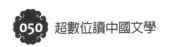 

第
4
章

## 樂府民歌的定義

　　民歌**民謠**[(1)]是漢朝最有思想，最有藝術價值的文學類型之一。民歌是一個地區，流行在**百姓**[(2)]之中的歌曲，是民間文化中特別的一部分；民謠則是民間**隨意**[(3)]唱出的沒有音樂**伴奏**[(4)]的歌曲。漢朝樂府民歌的整理方式和內容精神繼承《詩經》，「樂府」的意思是指國家管理音樂的機構，最早大約秦朝就有。**至於**樂府真正**蒐集**[(5)]民歌則開始於漢朝。**從**六朝**起**，人們把可以**配樂**[(6)]的詩也稱為「樂府」，所以，「樂府」才從機構名稱變成一種有音樂特性的詩歌類型。

## 樂府民歌的內容

　　漢朝樂府民歌大多表達社會問題，是漢朝人民生活的真實紀錄。「感於哀樂，緣事而發」是它最大的特色，意思是詩中的內容多是作者對具體的事情產生感情而寫作。例如：〈十五從軍征〉寫一個士兵從十五歲就出外打仗，到了**年邁**[(7)]回家時，家鄉已經完

全不同，批評當時戰爭不斷帶給人的痛苦。還有很多的詩歌描寫愛情、婚姻，〈上邪〉是其中很有名的作品，它表達一位女子對愛情的**誓言**(8)。

## 作品欣賞

## 十五從軍征

十五從軍征，八十始得歸。

**譯** 十五歲跟著軍隊打仗，到了八十歲才能回來。

道逢鄉里人：「家中有阿¹誰？」

**譯** 在路上碰到家鄉的鄰居，問：「我家裡還有誰？」

「遙望是君家，松柏冢累累²。」

**譯**「遠遠看去就是你家，那裡只看見樹林中一個一個的墳墓。」

兔從狗竇³入，雉⁴從樑上飛。

**譯** 回到家門看到野兔從狗洞進出，野雞從屋頂飛過。

《《《《《《《-------------------------------》》》》》》》

1 阿：語助詞，無意義。2 冢（zǒng）：墳墓。累累：一個連一個的樣子。

3 狗竇（dòu）：圍牆讓狗進出的洞。4 雉（zhì）：野雞。

中庭生旅穀[5]，井上生旅葵[6]。

**譯** 院子裡長著野生的穀物，水井邊長著野菜。

舂[7]穀持作飯，採葵持作羹[8]。

**譯** 我去掉野穀的殼煮飯，摘采野菜作湯。

羹飯一時熟，不知貽[9]阿誰。

**譯** 飯和湯一下子就作好了，不知道要叫誰來吃飯。

出門東向望，淚落沾我衣。

**譯** 走出門看向東方，眼淚滴落沾到了我的衣服上。

<<<<<<< -------------------------------- >>>>>>>

5 旅穀（gǔ）：野生的穀物。6 旅葵（kuí）：野菜。7 舂（chōng）：把東西放在石臼去殼搗碎。8 羹（gēng）：菜肉湯。9 貽（yí）：送給。

# 上邪[1]

上邪！我欲與君相知，長命[2]無絕衰。

**譯** 上天啊！我想要和你相知，讓這顆心久久不改變。

<<<<<<< -------------------------------- >>>>>>>

1 上：天。邪：讀作「耶」，語氣詞。上邪：天啊。2 命：令，使。

山無陵³，江水爲竭⁴，冬雷震震，夏雨⁵雪，

譯 除非山峰消失了，江水乾枯了，冬天打起巨雷，夏天降下飛雪，

天地合，乃敢與君絕。

譯 天和地合併在一起，我才敢和你絕交。

<<<<<<< -------------------------------- >>>>>>>

TOCFL B1~B2

## 樂府民歌的寫作特色

　　結合敘事和抒情是漢朝樂府最大的藝術特點，透過故事的敘事來表達感情。詩中出現了清楚的人物形象和比較完整的情節，故事特性和戲劇特性比《詩經》更明顯了。所以，在中國文學史上，漢朝樂府民歌代表敘事詩更成熟的發展。和文人詩歌比，民歌沒有固定的句法，長短自由。

# 知識提示

　　漢樂府的寫作特色包括清楚的人物形象和完整的情節，是成熟的敘事詩，所以在詩歌中常常會有人物對話，比如〈十五從軍征〉就有主角和同鄉的對話。如果我們在詩歌的時間軸標出對話的開始和結束，那麼就會變成下圖：

分布圖：[主角的話] [鄉人的話]

圖的左邊是詩的開始，右邊是詩的結束，〈十五從軍征〉中出現主角和鄉人各一句對話，所以標示兩個不同顏色的色點。而漢朝以後的魏晉南北朝還是有許多精彩的樂府，其中有一首〈孔雀東南飛〉的長詩是很優秀的敘事作品。我們用一樣的辦法標出對話，可以看見〈孔雀東南飛〉裡面人物很多，包括女主角、男主角、男主角的媽媽、女主角的媽媽、女主角的哥哥、媒人，一共有六人。每個人都說了很多對話更多，分布圖如下。所以我們可以說到了漢魏樂府詩的時代，人稱切換的敘事方法已經十分成熟。

分布圖：女主角的哥哥 [女主角的媽媽] [男主角] [男主角的媽媽] [女主角]

## 漢朝古詩的背景

　　除了樂府民歌，漢初流行於貴族的楚歌，也是當時流行的抒情詩歌。劉邦寫的〈大風歌〉就表達一代皇帝希望天下統一、和平安定的想法。《詩經》的四言形式在漢朝民歌和民謠以及《楚辭》的影響下，<u>有助於</u>東漢時期文人五言詩的出現。

TOCFL B1 ~ B2

### 大風歌　劉邦

大風起兮[1]雲飛揚，威加海內[2]兮歸故鄉，

（譯）大風吹起雲跟著飛動，我威武平定了天下回到家鄉，

安[3]得猛士兮守四方！

（譯）怎麼得到勇敢的士兵幫我守護國家！

<<<<<<< -------------------------------- >>>>>>>

1 兮（xī）：語氣詞。2 海內：四海以內，整個國家。3 安：怎麼。

# 迢迢牽牛星

迢迢¹牽牛星，皎皎²河漢女。

**譯** 遙遠的牽牛星，和明亮的織女星。

纖纖³擢⁴素手，札札⁵弄機杼⁶。

**譯** 細長柔軟的手抽動，擺弄著織布機發出聲音。

終日不成章⁷，泣涕零如雨。

**譯** 一整天織不成紋理，哭泣的眼淚像雨不斷落下。

河漢清且淺，相去復幾許？

**譯** 銀河看起來水清又淺，兩岸相隔又多遠呢？

盈盈⁸一水間，脈脈⁹不得語。

**譯** 隔著清澈的一條河，互相看著卻彼此不說話。

<<<<<<< ----------------------------- >>>>>>>

1 迢（tiáo）：遙遠的樣子。2 皎（jiǎo）：明亮的樣子。3 纖纖：柔軟修長的樣子。4 擢（zhuó）：抽取。5 札（zhá）：織布機的聲音。6 杼（zhù）：織布用的梭子。7 章：紋理。8 盈盈：水清澈的樣子。9 脈（mò）：互相看著卻不說話的樣子。

# 知識提示

　　押韻應該是在詩歌中固定的位置使用相同的韻母，但是為什麼中國古代詩歌有些讀起來，有幾句沒辦法押韻呢？比如〈十五從軍征〉的「累、飛、葵、羹、誰、衣」位置相同，但「羹、衣」明顯和其他幾個字不一樣？又如〈迢迢牽牛星〉中「女、杼、雨、許、語」，「杼」和其他幾個字也不一樣？那是因為中國的歷史很長，語音產生隨著歷史發展、人口移動等原因，也產生變化。一般可以分成上古音（西元500年以前）、中古音（西元500年到1500年）、近古音（西元1500以後）三種，近古音大約開始於中國定都於北京的時候。而漢字是大概在西元前200年就被統一，這就是為什麼我們用今天的中文可以看懂漢朝的詩，可是讀起來卻有些不一樣的原因。

## 〈古詩十九首〉的特色

　　〈古詩十九首〉是漢朝文人的作品，作者<u>不只一</u>人，也不是一時一地被寫下。它代表漢朝文人抒情詩的最高成就，「融情入景，寓景於情」是〈古詩十九

TOCFL B1～B2

首〉最大的特色，意思是詩中的感情常常**融入**<sup>(9)</sup>景色中，也可以從詩中景色看出情感。從《詩經》的比興，到《楚辭》的**象徵**<sup>(10)</sup>，再到〈古詩十九首〉的情景融合，中國文學的美感特色已經發展完成。

# 生詞表

| mínyáo<br>(1) 民謠（民谣） | folk rhyme [N] |
|---|---|
| bǎixìng<br>(2) 百姓 * | common people [N] |
| suíyì<br>(3) 隨意（随意） | random [V] |
| bànzòu<br>(4) 伴奏 | accompaniment [N/V] |
| sōují<br>(5) 蒐集（搜集） | collect [V] |
| pèiyuè<br>(6) 配樂（配乐） | soundtrack [N] |
| niánmài<br>(7) 年邁（年迈） | old, aged [Adj] |

# 生詞表

| | |
|---|---|
| shìyán<br>(8) 誓言 | promise, oath [N] |
| róngrù<br>(9) 融入 | assimilate into [V] |
| xiàngzhēng<br>(10) 象徵（象征） | symbol [N] |

※表中加上*號的生詞，是專有名詞。

## 【語法】

### 1. 至於（as... is concerned）

「樂府」的意思是指國家管理音樂的機構，最早大約秦朝就有。至於樂府真正蒐集民歌則開始於漢朝。

例句1：因為疫情，開學的時間延後了，至於延到什麼時候會再公布。

例句2：弟弟只穿黑色的衣服，至於其他顏色的衣服一件都沒有穿過。

2. 有助於（be conducive to）

《詩經》的四言形式在漢朝民歌和民謠以及《楚辭》的影響下，<u>有助於</u>東漢時期文人五言詩的出現。

例句1：課前預習<u>有助於</u>學生快速了解老師上課的內容。

例句2：維持運動的好習慣<u>有助於</u>保持身體健康。

---

3. 不只（not merely）

〈古詩十九首〉是漢朝文人的作品，作者<u>不只</u>一人，也不是一時一地被寫下。

例句1：大學的體育課有很多選擇，<u>不只</u>最基本的籃球、排球，甚至有高爾夫球。

例句2：自己做便當<u>不只</u>可以省下很多錢，還可以吃得健康。

## 【問題與討論】

1. 你的國家有什麼民謠呢？它們的主題是什麼？

2. 在你的國家，有沒有什麼關於愛情的經典誓言？

3. 想一想，創作者的身分對作品有什麼影響？

# 文學的獨立價值 —— 陶淵明和他的時代

從陶淵明看其時代與文學表現。從「詞語顯著性」討論中國文學田園派的產生與特色。

**學習重點**

1. 能區分純文學和非純文學的差別。
2. 能認識陶淵明的詩歌特色。
3. 能歸納中國情、景、物、理交融的自然創作風格。

## 陶淵明和他的時代

在漢朝以前，許多的作品都不能確定作者是誰，比如《詩經》、〈古詩十九首〉。同時，很多的作者在寫作時並不是為了文學創作而寫，比如司馬遷寫《史記》，寫得是歷史書。但是在漢朝以後，作者開始注意自己的寫作，而有純文學的作品。魏晉南北朝（220—581）是中國**瘟疫**⁽¹⁾流行、戰爭很多的時代。當時政治混亂，不論是文人或百姓都面臨許多意外，<u>因此</u>在哲學和文學上都產生了非常大的改變。過去的文人多數希望能夠**當官**⁽²⁾，處理政治事務，但是在戰爭的時代，他們開始有了其他的想法。「立德、立功、立言」是當時人希望能夠被後人記住的三種方式，由此可知，留下作品已經是文人的理想，文學得到獨立的價值。

陶淵明（365-427），又名陶潛，是這個時代中的**田園**⁽³⁾詩人。他少年時期擔任官員，做過一些基**層**⁽⁴⁾政府的工作。中年時，想法產生變化，認為<u>在工作上</u>「**為五斗米折腰**⁽⁵⁾」，和自己個性不合，<u>因此</u>**辭職隱居**⁽⁶⁾。在田園中工作、讀書，追求生活的樂趣。

# 知識提示

　　詞語顯著性是把兩個不同的作品透過電腦計算，得到用字間的差異。這張表是陶淵明〈歸園田居〉六首和〈古詩十九首〉用字詞語顯著性最高的五個詞，我們可以看見在〈古詩十九首〉中，表現感傷、思念、分離的主題。而陶淵明的〈歸園田居〉則充滿田園生活中的植物、環境、工具等東西。所以我們可以知道陶淵明的田園詩突破了漢朝文人〈古詩十九首〉的主題，開啓了自然的美感風格。

| # | 歸園田居 | 古詩十九首 |
|---|---|---|
| 1 | 桑麻 | 傷 |
| 2 | 墟 | 懷 |
| 3 | 鋤 | 相去 |
| 4 | 夕 | 誰 |
| 5 | 山 | 雙 |

TOCFL B1〜B2

## 作品欣賞

### 歸園田居（其三）¹　陶淵明

種豆南山下，草盛豆苗稀²。

譯 我在南山下種豆，草木多而豆苗卻稀疏。

晨興理荒穢³，帶月荷鋤⁴歸。

譯 早上起床到田地整理野草，頭頂著月光才背著鋤頭回家。

道狹⁵草木長，夕露沾我衣；

譯 道路狹窄草木高長，晚上的露水沾上了我的衣服。

衣沾不足惜，但使願無違。

譯 衣服濕了沒有什麼可惜，只願不違背自己的心願就好。

<<<<<<< ------------------------------ >>>>>>>

1 其三：詩歌寫作常常有同一個題目寫下多首作品的情況，後來的人為了區分，會將它們用其一、其二、其三編號。在這裡是指這首詩是陶淵明寫〈歸園田居〉組詩的第三首。2 盛（shèng）：草木多的樣子。稀（xī）：稀疏，草木少的樣子。3 興（xīng）：起床。穢（huì）：髒亂的東西，這裡指野草。4 荷（hè）：背著。鋤（chú）：鋤頭，種田的工具。5 狹（xiá）：窄。

# 飲酒（其五）　陶淵明

結廬在人境¹，而無車馬喧²。

譯 在熱鬧人多的地方建造小屋，卻沒有車馬的吵鬧。

問君何能爾³？心遠地自偏。

譯 問我如何能夠這樣？內心遠離紛爭所在的地方就清靜
　無聲。

採菊東籬⁴下，悠然見南山⁵。

譯 在東邊的圍牆下采著菊花，悠閒舒適的看見遠方的南
　山。

山氣⁶日夕佳，飛鳥相與還⁷。

譯 日落南山的景色十分美好，高飛的鳥群也結伴回家。

此中有眞意，欲辯⁸已忘言。

譯 這中間有人生的眞理，想要說清楚卻忘記如何表達。

TOCFL B1~B2

<<<<<<<< ------------------------------- >>>>>>>>

1 結：建造。廬（lú）：小屋。人境：人多的地方。2 喧（xuān）：聲音
吵鬧。3 爾：這樣。4 籬（lí）：籬笆，用樹枝或竹子編成的圍牆。5 悠
（yōu）然：舒適的樣子。南山：南邊的廬山。6 氣（qì）：景色。7 還
（huán）：回。8 辯（biàn）：說清楚、講明白。

## 陶淵明的詩歌特色

陶淵明隱居後，感受到生活的辛苦，但在過程中也得到了許多的快樂。因為陶淵明的詩直接來自他的生活，文學只是為了記錄生活中的美好事物，跟政治沒有關係，在這樣的狀況下，產生了田園詩。陶淵明詩最大的特色就是：在詩歌的比、興寫作之外，加上了哲學，把情、景、物、理融合在一起，在簡單的景色中見內心的平靜，在**樸素**⁽⁷⁾的語言中見生活的美好。

### 桃花源記　陶淵明

晉太元¹中，武陵人捕魚爲業²，

**譯** 在晉代太元時，武陵有一個人以捕魚當做職業，

<<<<<<< -------------------------- >>>>>>>

1 晉太元：晉是朝代的名稱，太元則是皇帝記錄時間的年號，是公元 376 年至 396 年間。2 業：職業。

緣³溪行，忘路之遠近。

🈯 沿著溪行船，忘記走了多遠。

忽逢桃花林，夾⁴岸數百步，

🈯 突然碰見桃花林，在河岸的兩邊有幾百步的距離那麼廣，

中無雜樹，芳草鮮美，落英繽紛⁵；

🈯 中間都沒有其他樹，青草鮮美，落花繁多；

漁人甚異⁶之。復⁷前行，欲窮⁸其林。

🈯 漁夫覺得很奇怪。又往前走，希望能夠到樹林的終點。

林盡水源，便得一山，

🈯 樹林的終點是溪流的源頭，溪水從山而來，

山有小口，彷彿若有光，便舍⁹船從口入。

🈯 山有一個小洞，好像有光線穿過，漁夫便丟開船從山洞進入。

TOCFL B1〜B2

<<<<<<< ------------------------------- >>>>>>>

3 緣：沿著。4 夾：在……的兩邊。5 英：花。繽紛：眾多的樣子。6 甚：非常。異：動詞，覺得奇怪。7 復：又，再。8 窮：徹底。9 舍（shě）：等於「捨」，丟棄。

初極狹，纔[10]通人；復行數十步，豁然[11]開朗。

譯 一開始洞口很狹窄，才能通過一人；又走了幾十步，突然開闊起來。

土地平曠[12]，屋舍儼然[13]。

譯 土地十分平坦廣大，房屋排列得很整齊。

有良田、美池、桑、竹之屬[14]；

譯 有美好的田地、池塘和桑樹、竹林等作物；

阡陌[15]交通，雞犬相聞[16]。

譯 田間小路交錯相通，雞啼狗叫聲都聽得到。

其中往來種作[17]，男女衣著，悉[18]如外人；

譯 有人在其中種田工作，不論男女身上穿的衣服，都像是另一個世界的人。

黃髮垂髫[19]，並怡然[20]自樂。

譯 老人小孩都十分舒服自在的樣子。

<<<<<<< ------------------------------------- >>>>>>>

10 纔（cái）：等於「才」。11 豁（huò）然：突然。12 曠（kuàng）：開闊。13 舍（shè）：房屋。儼（yǎn）然：整齊的樣子。14 屬：種類。15 阡陌（qiānmò）：田間小路。16 聞：聽見。17 作：工作。18 悉：全，都。19 黃髮（fǎ）：老人。垂髫（tiáo）：兒童。20 怡（yí）然：舒服自在的樣子。

第5章

見漁人，乃大驚，問所從來，具答之。

🈺 他們看到漁夫，都很驚訝，問他從哪裡來，漁夫全部
回答。

便要[21]還家，設酒、殺雞作食。

🈺 然後他們邀請漁夫回家，準備酒水、美食招待他。

村中聞有此人，咸來問訊[22]。

🈺 村中的人聽說這個人，都跑來打聽訊息。

自云[23]先世避秦時亂，率妻子邑人來此絕境，

🈺 他們說自己的祖先因為逃避秦朝的亂世，帶著老婆孩
子鄰居來到這個和外面隔絕的地方，

不復出焉；遂與外人間隔[24]。

🈺 就不再出去了；於是和外面的人阻隔。

問今是何世，乃不知有漢，無論魏、晉。

🈺 他們問漁夫現在是什麼時代？他們不知道有漢朝，更
不要說後來的魏、晉時代。

TOCFL B1~B2

<<<<<<< ------------------------------------ >>>>>>>

21 要：等於「邀」，邀請。22 咸：全。問訊：打聽訊息。23 云：說。24
遂（suì）：於是。間隔（jiàngé）：阻隔。

此人一一爲具言所聞，皆嘆惋[25]。

譯 漁夫一一替他們解答，所有人都嘆息。

餘人各復延[26]至其家，皆出酒食。

譯 其他人也邀請漁夫到自己的家，都招待他美酒美食。

停數日，辭[27]去。

譯 漁夫停留幾天，要告別離開。

此中人語云：「不足爲外人道[28]也。」

譯 這裡的人告訴他說：「沒什麼事情值得跟外面的人說
啊。」

既[29]出，得其船，便扶向[30]路，處處誌[31]之。

譯 漁夫出來以後，找到自己的船，沿著之前的路，處處
留下記號。

及郡下[32]，詣太守[33]説如此。

譯 到了城裡，拜見太守，報告事情的經過。

<<<<<<<< -------------------------------- >>>>>>>>

25 嘆惋（wǎn）：感嘆惋惜。26 延：邀請。27 辭：告別。28 不足：不
值得。道：說。29 既：已經。30 扶：沿著。向：之前。31 誌（zhì）：
留下紀錄。32 及：到達。郡：武陵郡。下：附近。33 詣（yì）：下對上
會面。太守：地方政府官員。

太守即遣<sup>34</sup>人隨其往，尋向所誌，

譯 太守就派人跟著漁夫去，找之前留下的記號，

遂迷不復得路。

譯 卻迷路再也找不到了。

南陽劉子驥<sup>35</sup>，高尚士也，

譯 南陽有一個叫做劉子驥的人，是一位道德十分高尚的
　　讀書人，

聞之，欣然規<sup>36</sup>往，未果<sup>37</sup>，尋<sup>38</sup>病終。

譯 聽說了這件事，很開心的計劃前往，卻沒有結果，不
　　久病死了。

後遂無問津<sup>39</sup>者。

譯 後來就再也沒有問路的人了。

<<<<<<< ------------------------------- >>>>>>>

34 遣：派。35 南陽：地名。劉子驥：當時有名的人，道德十分高尚。36
規：計劃。37 果：結果。38 尋：不久。39 津：上船的地方。問津：問路。

## 陶淵明的影響

除了詩歌的創作外，陶淵明的**審美**<sup>(8)</sup>品味和對於人生的看法也影響了許多人，他的〈桃花源記〉描寫了一個**與世無爭**<sup>(9)</sup>的世界，「桃花源」成為中國文人的「理想國」。陶淵明的詩現今仍然保留120多首，他的地位與影響是隨著歷史發展而**逐漸**<sup>(10)</sup>擴大的。陶淵明的詩在他活著的時候並沒有受到很多關注，真正價值是到了唐朝才被人發現，<u>給</u>後世<u>帶來</u>深刻的影響。

第5章

## 知識提示

陶淵明的詩歌結合生活和理想，「晴耕雨讀」、不追求事業成就，注重內心的自由成為中國文人的效法對象。比陶淵明晚一千多年的唐伯虎，曾寫下一首〈桃花庵歌〉來表達對這種生活態度的追求，你能不能分析一下這首詩和本單元舉例的三篇作品間的關係呢？

桃花塢裡桃花庵，桃花庵裡桃花仙。

桃花仙人種桃樹，又摘桃花換酒錢。

酒醒只在花前坐，酒醉還來花下眠。

半醒半醉日復日，花落花開年復年。

但願老死花酒間，不願鞠躬車馬前。

車塵馬足貴者趣，酒盞花枝貧者緣。

若將富貴比貧者，一在平地一在天。

若將花酒比車馬，他得驅馳我得閒。

別人笑我太瘋癲，我笑他人看不穿。

不見五陵豪傑墓，無花無酒鋤做田。

TOCFL B1～B2

# 生詞表

| | |
|---|---|
| wēnyì<br>(1) 瘟疫 | plague [N] |
| dāngguān<br>(2) 當官（当官）* | be an official [V] |
| tiányuán<br>(3) 田園（田园） | rural [N] |
| jīcéng<br>(4) 基層（基层） | basic level [N] |

# 生詞表

| | |
|---|---|
| wèiwǔdǒumǐzhéyāo<br>(5) 為 五斗 米折腰（为五斗米折腰）* | Be of moral integrity and won't bow to the superior in order to get scanty pay. [Idiom] |
| yǐnjū<br>(6) 隱居（隐居） | live in seclusion [V] |
| púsù<br>(7) 樸素（朴素） | simple and unadorned [A] |
| shěnměi<br>(8) 審美（审美） | aesthetics [N] |
| yǔshìwúzhēng<br>(9) 與世無爭（与世无争） | Stand aloof from worldly affairs, seeking nothing [A] |
| zhújiàn<br>(10) 逐漸（逐渐） | gradually [Adv] |

※表中加上*號的生詞，是專有名詞。

第5章

# 【語法】

1. 因此（therefore）

   當時政治混亂，不論是文人或百姓都面臨許多意外，<u>因此</u>在哲學和文學上都產生了非常大的改變。

   例句1：他親切善良，<u>因此</u>很多人喜歡找他幫忙。

   例句2：颱風要來了，<u>因此</u>運動會只能延後舉辦。

---

2. 在……上（in a certain range or field）

   陶淵明中年時，想法產生變化，認爲<u>在</u>工作<u>上</u>「爲五斗米折腰」，和自己個性不合，因此辭職隱居。

   例句1：這部電影很好看，<u>在</u>國際影展<u>上</u>拿到許多獎。

   例句2：老闆<u>在</u>工作<u>上</u>教了我很多事。

---

3. 給……帶來（to bring…to…）

   陶淵明的詩在他活著的時候並沒有受到很多關注，眞正價值是到了唐朝才被人發現，<u>給</u>後世<u>帶來</u>深刻的影響。

   例句1：如果每天都有一定數量的顧客，就可以<u>給</u>商店<u>帶來</u>穩定的收入。

   例句2：持續升高的物價，<u>給</u>社會<u>帶來</u>危機。

# 【問題與討論】

1. 〈桃花源記〉裡有哪些成語？你能不能找出來？

2. 〈桃花源記〉描寫的理想世界和你的理想國有什麼異同？

3. 請比較一下陶淵明的詩和漢朝的詩歌有什麼不同？

# 時代、空間與詩人 —— 唐詩

以安史之亂分期，用「唐宋文學地圖」看唐詩時空與創作類型的關係。

1. 能習得近體詩的寫作規範。
2. 能欣賞唐詩的名篇。
3. 能思考詩人創作與歷史時空的關係。

## 唐詩的時代

　　唐朝結束了魏晉南北朝戰爭的狀況，在長時間政治安定的狀況下，產生了中國第二個文化發展的黃金時代。唐代文學不管在詩歌、散文的表現都十分有特色，有名的文人眾多。

　　同時，中國開始了**科舉**[(1)]制度，其中「進士」的考試科目除了經學歷史、**時事**[(2)]**對策**[(3)]，還考詩賦，所以詩歌就變成唐代文學重要的類型。

　　唐代的詩歌因為是考試的內容，因此詩歌發展出重視「格律」的近體詩。近體詩和之前的詩不同，<u>在</u>字數、句數、押韻和對仗<u>**方面**</u>都有規定。每句字數多是五個字、七個字；句數是四句或八句；雙數的句子要押韻；有一些句子一樣位置的詞要詞性一樣、音調相反、意思相關。因為詩歌寫作越來越多，也逐漸與音樂分開。

唐詩的空間

　　唐代的國家土地很大，因此唐詩的寫作內容類型也很豐富。其中有所謂的邊塞詩和閨怨詩。邊塞詩是詩人到了國家的西北邊境，看到不同的風景寫下的感觸[(4)]；而閨怨詩則是詩人模仿女子的語氣，寫丈夫離家遠行[(5)]的心情。隨著詩人在空間中的移動，我們可以透過詩人的紀錄看到唐朝的時空。

　　李白（701-762）也是一個不斷在空間中移動的詩人，是盛唐時期詩歌的代表作家，現存詩歌九百多首。他的想像豐富奇特，風格奔放[(6)]，語言清新[(7)]自然，是中國文學史上一位浪漫主義的文學家，於是被譽為「詩仙」。

TOCFL B2

## 宣州謝朓樓餞別校書叔雲¹　李白

棄我去者昨日之日不可留，

譯 棄我去的昨天已經留不住，

亂我心者今日之日多煩憂。

譯 亂我心情的今天如此煩憂。

長風萬里送秋雁²，

譯 候鳥伴著萬里長風高飛，

對此可以酣³高樓。

譯 對著這樣的景色值得我們在高樓中一起喝酒。

蓬萊文章建安骨⁴，

譯 您的寫作有建安時代作者的氣質，

<<<<<<<< -------------------------------------------------- >>>>>>>>

1 宣州：地名。謝朓（tiào）樓：在宣州的有名建築。餞（jiàn）別：為人送行。校書：官名。2 雁（yàn）：候鳥，每年春天成群往北飛，秋天後往南飛。3 酣：盡情喝酒。4 蓬萊（pénglái）：傳說中的海上仙山。建安：漢朝末年時期，「建安骨」是「建安風骨」的簡稱，建安時期天災人禍或崇尚英雄，所以當時詩人有慷慨悲涼的特殊氣質。

中間小謝又清發[5]。

譯 字裡行間又有謝朓清新的風格。

俱懷逸興壯思飛[6]，

譯 我們都懷著豪情壯志想要高飛，

欲上青天覽[7]明月。

譯 飛到那青天之上去擁抱明月。

抽刀斷水水更流，

譯 抽出刀來切斷流水水更流，

舉杯消愁愁更愁。

譯 舉起酒杯來消除憂愁愁更愁。

人生在世不稱[8]意，

譯 人生在世上如果不能符合心志，

明朝散髮[9]弄扁舟。

譯 不如明早就不受約束的搭上小船離開吧。

<<<<<<<< ------------------------------ >>>>>>>>

5 小謝：魏晉南北朝時期的有名詩人謝朓。清發：清新的風格。6 俱：全部。逸興（xìng）：和一般人不同的想法。7 覽：等於「攬」，抱著。8 稱（chèng）：符合。9 散髮：以前的男子要把頭髮束起，散髮代表不受約束。

唐　朝

時代與詩人

公元755年，唐朝地方軍隊安祿山、史思明**反叛**[(8)]，開始了七年多的「安史之亂」。「安史之亂」讓唐朝統治由盛轉衰，詩歌的內容也開始轉變。杜甫（712-770）是這個時期的現實主義詩人，他的詩寫下安史之亂前後各種各樣的社會矛盾和現實生活，被稱為「詩史」。**此外**，他在困難的生活中一直關心國家和百姓，他本人被稱為「詩聖」。

第6章

作品欣賞

## 春望　杜甫

國破山河在，城春草木深。

**譯** 國家的首都被攻破只有山與河還在，城裡的春天因為失去秩序草木叢生。

感時花濺[1]淚，恨別鳥驚心。

🈁 繁花上的水滴就像為國家的命運哭泣，鳥叫聲像在說著和家人離散的驚恐心情。

烽火[2]連三月，家書抵[3]萬金。

🈁 好幾個月連接不斷的戰爭，收到家人的書信和萬兩黃金一樣難得。

白頭搔[4]更短，渾欲不勝簪[5]。

🈁 因為擔心白頭髮越抓越少，簡直不能用簪子固定起來了。

<<<<<<< -------------------------------------- >>>>>>>

1 濺：水向四方飛散。2 烽火：古時候打仗會點烽火示警，這裡指戰爭。3 抵（dǐ）：等於。4 搔（sāo）：用手指輕輕抓。5 渾（hún）：簡直。不勝：不能承受。簪（zān）：古人用來整理固定頭髮的物品。

TOCFL B2

　　中唐時期最重要的詩人是白居易（772-846）。他繼承並發展《詩經》和漢樂府關心民間生活的傳統，推廣「新樂府運動」，他喜歡用簡單明白的字詞，強調詩歌的社會功能。〈長恨歌〉是他的代表作品，用來說明唐朝皇帝管理不當，最後導致「安史之亂」的現實。

## 作品欣賞

### 長恨歌　白居易

漢皇重色思傾國[1]，御宇[2]多年求不得。

（譯）（漢朝的）皇帝重視絕世美女，統治國家多年卻找不到。

楊家有女初長成，養在深閨[3]人未識。

（譯）楊家有一個女兒剛剛長大，養在家中外人不知道她的美麗。

天生麗質難自棄，一朝選在君王側。

（譯）天生的美麗很難讓她不被看見，有一天就被選到了皇帝的身邊。

回眸一笑百媚生，六宮粉黛[4]無顏色。

（譯）她的回頭一笑充滿各種風情，皇宮中其他的女人都變得不再美麗。

<<<<<<< -------------------------------- >>>>>>>

1 漢皇：本來是漢朝的皇帝，這裡指唐玄宗。傾國：非常美麗的女人，可以讓國家滅亡。2 御：管理。御宇：管理國家。3 閨（guī）：古代女生的房間。4 粉黛（dài）：古代的化妝品，指宮中的女人。

……

譯 ……

春宵⁵苦短日高起，從此君王不早朝。

譯 恩愛的夜晚太短一下子就天亮，從那時開始皇帝就不
　　再早起管理國家。

……

譯 ……

姊妹弟兄皆列土⁶，可憐光彩生門戶。

譯 她的姊妹兄弟都被封賞許多土地，他們家這樣的風光
　　多麼讓人羨慕。

遂令天下父母心，不重生男重生女。

譯 所以就讓天下的父母改變了心意，重視生下女兒而不
　　再重視生下男孩。

……

譯 ……

TOCFL B2

<<<<<<< ------------------------------------------- >>>>>>>

5 宵（xiāo）：夜晚。6 列土：封賞土地。

〈長恨歌〉的內容在講唐朝皇帝的事情，但是詩人卻不好直接說出批評，所以用「漢皇」稱他。在〈長恨歌〉之後，晚唐時期政治一天比一天衰弱[9]，後來的詩人較少關心現實社會，許多詩人只追求文學的美感，擅長[10]雕琢[11]字句，形成抒情唯美的風格。也在此同時，產生「詞」這種新型結合音樂的文學形式。

## 知識提示

第6章

唐朝的國土很大，在詩歌中我們可以看見詩人們不停移動的腳步。比如李白〈下江陵〉有「朝辭白帝彩雲間，千里江陵一日還」，乘船移動的經歷。杜甫的〈壯遊〉詩更原本想乘

唐宋文學編年地圖

船出海到日本，後來因故在江南、山東、河北遊歷。除此之外，更有許多詩人因為工作前往西北沙漠，讓詩歌充滿各種風景。「安史之亂」（公元755-763年）時，詩人有不同的移動路徑，透過詩歌，我們可以看見詩人面對戰爭的反映，你可以從唐宋文人編年地圖找到安史之亂時詩人的GIS地圖，並且讀他們的詩。

# 生詞表

| | |
|---|---|
| kējǔ<br>(1) 科舉（科举）* | imperial examination [N] |
| shíshì<br>(2) 時事（时事） | current affairs [N] |
| duìcè<br>(3) 對策（对策）* | countermeasures [N] |
| gǎnchù<br>(4) 感觸（感触） | touch [N] |
| yuǎnxíng<br>(5) 遠行（远行） | go on a long journey [V/N] |
| bēnfàng<br>(6) 奔放 | unrestrained [A] |
| qīngxīn<br>(7) 清新 | fresh, pure [A] |
| fǎnpàn<br>(8) 反叛（反叛） | rebellion [N] |
| shuāiruò<br>(9) 衰弱 | weak [A] |
| shàncháng<br>(10) 擅長（擅长） | good at… [V] |

TOCFL B2

# 生詞表

| diāozhuó<br>(11) 雕琢 | cut and polish [V] |

※表中加上*號的生詞，是專有名詞。

## 【語法】

1. （在）……方面（with respect to; regarding）

近體詩和古體詩相對，在字數、句數、押韻和對仗方面都有規定。

例句1：姊姊在美術方面很有天賦，特別擅長畫圖。

例句2：他在電子科技方面很有研究，你可以請教他問題。

---

2. 於是……（thus, consequently）

他的想像豐富奇特，風格奔放，語言清新自然，是中國文學史上一位浪漫主義的文學家，於是被譽為「詩仙」。

例句1：他的錢包被偷了，於是他決定報警。

例句2：因為想出國讀書，於是她開始認真學習外語。

3. 此外（in addition）

此外，杜甫在困難的生活中一直關心國家和百姓，他本人被稱爲「詩聖」。

例句1：加入這家商店的會員，不但消費可以累積點數。此外，還常常會有專屬的折扣。

例句2：要能在這堂課拿到好成績，除了作業都要準時交，此外，還要積極舉手發言。

## 【問題與討論】

1. 從《詩經》到唐詩，詩歌和音樂的關係是什麼？
2. 你比較喜歡李白、杜甫還是白居易？為什麼？
3. 詩歌是中國文學重要的抒情傳統，但是杜甫、白居易的詩歌也反映了很多社會現實，那麼詩歌同時也是敘事傳統嗎？

TOCFL
B2

# 宋詞的音樂與風格

就「文字雲」讓學生視覺化觀察詞的創作風格差異。

**學習重點**

1. 能理解唐宋文化變革的差異。
2. 能認識宋詞的起源與風格。
3. 能思考文學和音樂結合的當代意義。

# 印刷術與知識傳播 (1)

　　從唐代到宋代，是中國古代通往**近代**(2)的階段。最重要的，就是**活字印刷術**(3)的發明。唐代以前，知識的傳播主要依靠人們手抄文字，因此文學傳播速度很慢。活字雕版發明以後，得到圖書變得容易，知識也能很快傳播。這樣的現象，造成科舉制度考試改變，文學作品則重視創意。以「詩」來說，宋代與唐代不同，唐代重視個人審美的表現，宋代把創意當成重點。比如蘇軾〈題西林壁〉的詩歌，寫登山就提供了八種不同看山的角度，同時也解釋了哲理，這和宋朝以前的詩歌重視敘事或抒情大有不同。

　　科舉制度結束了中國古代貴族統治國家的現象，提供了人們透過讀書進入**官場**(4)的機會。因此，和過去比，雖然宋代的兵力不是很強，但是民間各種活動表現卻是十分突出。宋代取消了宵禁，開始有了夜市，也影響了宋詞的發展。

第7章

# 宋詞的興起

　　宋詞是唐詩之後韻文的主要形式，晚唐開始流行。唐代因為與各地音樂交流，**使得**本來的詩詞和歌曲不足以歌唱，因此開始出現字數長短不一樣、曲調多變的詞。詞，像是今天的歌詞，可以配合音樂演唱。**樂曲**[(5)]的名稱被稱為「詞牌」，同一個詞牌，可以填入不同的詞。

## 知識提示

　　音樂與文學的關係十分緊密，《詩經》是民間和朝廷的歌曲，《楚辭》中的九歌也從地方祭神歌曲而來，漢朝和魏晉南北朝的樂府也還和音樂緊密相關。但是從〈古詩十九首〉到唐代近體詩，文人詩歌的音樂性漸漸減弱。新一種結合音樂的文學類型就是詞，也是起源於民間。詞可以根據配合的音樂有不同的字數限制，並且因為重複旋律的演唱需要，用「闋」（què）來代表完整的一段，而常常有重複一次，成為「上半闋」、「下半闋」的說法。詞牌並不是真正的題目，同一個詞牌可能有十幾種、甚至上

TOCFL B2

百種不同的歌詞，所以區別不同詞的方法，多用「詞牌＋第一句」的大小字方式呈現，如〈虞美人春花秋月何時了〉、〈水調歌頭明月幾時有〉，〈虞美人〉、〈水調歌頭〉是詞牌，也就是旋律音樂的名稱，「春花秋月何時了」、「明月幾時有」是兩首詞各自的第一句。

唐宋之交的李煜（937－978）是南唐的國王，也很擅長填詞。但是，他的個性不適合做政治家，南唐的軍事力量完全無法與北宋抗衡[6]，所以在他當國王不久之後，南唐被宋所滅，李煜成為俘虜[7]。

這一種特別的政治經歷，影響李煜的創作，他的作品從表現愛情變成表達對國家的哀痛[8]。他擴大了詞的內容和意境[9]，被稱為宋詞之祖。

第7章

## 虞美人春花秋月何時了　李後主

春花秋月何時了[1]？往事知多少？

譯 春去秋來的時光什麼時候才會結束？往事還記得多少？

小樓昨夜又東風[2]，故國不堪回首月明中[3]。

譯 昨夜小樓上好像又吹來春風，現在在這明月下我不忍心回憶故國的過去。

雕欄玉砌[4]應猶在，只是朱顏[5]改。

譯 以前皇宮裡精緻的建築應該還在，只是裡面年輕的人已經老去。

問君能有幾多[6]愁？恰似[7]一江春水向東流。

譯 問我心中有多少憂愁？就像江水向東不盡的流著。

T O C F L B2

<<<<<<< ------------------------------------ >>>>>>>

1 了（liǎo）：結束。2 東風：春風。3 堪（kān）：忍受。回首：回憶。首：頭。4 雕欄玉砌（qì）：雕花的欄杆和玉石的臺階，指宮殿。5 朱顏：年輕的樣貌。6 幾多：多少。7 恰似：就好像。

## 宋詞的婉約和豪放

　　宋代的詞按照書寫特色的不同，可以分為婉約和豪放二派。

　　宋詞本來是讓歌妓結合音樂唱的作品，因此風格偏向婉約。男性詞人會模仿女性的語氣寫詞，也出現一些女性詞人，其中最有名的就是李清照。李清照（1084-1155）生在北宋末年的文人家族，從小接觸詩詞的她才華**洋溢**(10)。成年後與丈夫結婚，夫妻兩人都是文人，感情**融洽**(11)，生活安定，作品多是「**閨音**(12)」。後來北宋亡國，丈夫過世，生活逐漸變得困難，再嫁又不幸福而離婚，李清照的作品才轉變成憂鬱的風格。

## 作品欣賞

### 如夢令昨夜雨疏風驟　李清照

昨夜雨疏風驟[1]，濃睡不消殘酒。

（譯）昨天夜裡風雨很大，我睡得很沉醒來卻還沒醒酒。

試問卷簾人，卻道海棠依舊。

（譯）我試著問正在開窗的侍女外頭如何，她只告訴我：海棠花還是一樣。

知否？知否？應是綠肥紅瘦[2]。

（譯）知道嗎？知道嗎？應該變得綠葉很多、紅花很少了吧。

<<<<<<< ------------------------------- >>>>>>>

1 雨疏風驟：風雨很大的樣子。2 綠肥紅瘦：綠葉很多、紅花很少的樣子。

TOCFL B2

　　除了婉約，宋詞也有豪放的作品。蘇軾(1036—1101)，號東坡居士，他的詞包括各種主題，被稱為「豪放詞」。宋代以後的文人填詞，基本上也是按照這婉約、豪放兩種類別創作。

## 作品欣賞

### 水調歌頭明月幾時有　蘇軾

明月幾時有？把酒問青天。

譯 明月什麼時候開始有的？我拿起酒杯問著青天。

不知天上宮闕¹，今夕是何年？

譯 我不知道天上的宮殿，今天晚上是怎麼計算時間年歲？

我欲乘風歸去，又恐瓊樓玉宇²，高處不勝寒。

譯 我想要乘坐著清風回到天上，又恐怕月宮中的美麗宮殿，在高處有讓人不能承受的寒冷。

起舞弄清影，何似在人間！

譯 我站起來跳舞擺弄月光下的影子，哪裡像在人間呢！

轉朱閣³，低綺戶⁴，照無眠⁵。

譯 原本照在屋上的月光，轉到美麗的窗戶，照到了睡不著的我。

<<<<<<< ------------------------- >>>>>>>

1 宮闕（què）：宮殿。2 瓊（qióng）樓玉宇：瓊，美玉。指月亮上的宮殿。3 朱閣：美麗的建築。4 綺戶：有窗花的美麗窗戶。5 無眠：睡不著覺的人。

不應有恨，何事長向別時圓？

🈑明月應該沒有什麼恨意，為什麼總是在人離別時才特
別圓滿呢？

人有悲歡離合，月有陰晴圓缺，此事古難全。

🈑人有悲傷開心分離相聚，月亮有陰暗明亮圓滿缺角的
**轉換**，這件事從以前就沒辦法一直周全。

但願人長久，千里共嬋娟[6]。

🈑只希望思念的人能夠永遠健康平安，在千里之外也能
一起看著這輪天上的明月。

<<<<<<<< - - - - - - - - - - - - - - - - - - - - - - - - - - - - - - - - - - >>>>>>>>

6 嬋娟（chánjuān）：月亮。

TOCFL B2

　　現存宋代常用的詞牌共有八百多種，《全宋
詞》一共收錄兩宋詞人一千三百多人的作品，總共約
兩萬首，<u>可見</u>宋詞在宋代流行的狀況。

# 生詞表

| | |
|---|---|
| chuánbò<br>(1) 傳播（传播） | spread [V] |
| jìndài<br>(2) 近代 | modern times [N] |
| huózìyìnshuāshù<br>(3) 活字印刷術（活字印刷<br>术）* | Movable type [N] |
| guānchǎng<br>(4) 官場（官场） | officialdom [N] |
| yuèqǔ<br>(5) 樂曲（乐曲） | music [N] |
| kànghéng<br>(6) 抗衡 | contend [V] |
| fúlǔ<br>(7) 俘虜（俘虏） | prisoner of war [N] |
| āitòng<br>(8) 哀痛 | grief [N] |
| yìjìng<br>(9) 意境 | artistic conception [N] |
| yángyì<br>(10) 洋溢 | overflowing [V] |

# 生詞表

| | |
|---|---|
| róngqià<br>(11) 融洽 | harmony [V] |
| guī yīn<br>(12) 閨音（闺音）* | style of women writers [Idiom] |

※表中加上*號的生詞，是專有名詞。

## 【語法】

### 1. 使得（Causation with）

唐代因為與各地音樂交流，<u>使得</u>本來的詩詞和歌曲不足以歌唱，因此開始出現字數長短不一樣、曲調多變的詞。

例句1：努力<u>使得</u>我完成了我的目標。

例句2：因為其他人的幫助，<u>使得</u>這項工作很快就完成了。

### 2. 所（Making a Verb with the Particle）

南唐的軍事力量完全無法與北宋抗衡，所以在李煜當國王不久之後，南唐被宋<u>所</u>滅。

例句1：「全球暖化」是被各國<u>所</u>關注的重要問題。

TOCFL B2

例句2：讓學生快樂學習、多元發展，是教育部<u>所</u>重
視的議題。

---

3. 可見（It can thus be concluded that...）

《全宋詞》一共收錄兩宋詞人一千三百多人的
作品，總共約兩萬首，<u>可見</u>宋詞在宋代流行的
狀況。

例句1：這張專輯一共賣出超過一百萬張，<u>可見</u>很受
大家歡迎。

例句2：這家餐廳的預約已經排到兩個月後，<u>可見</u>相
當熱門。

第7章

# 【問題與討論】

1. 下面是李煜詞的文字雲，你能不能根據用字，說
　 說前後期的分別？

和　新　去　　　雙
闌　還　年　　斷　空　　光
雁　寒　夜　相　長　聲　時　醉　　桃
落　成　晚　風　一　花　不　無　妝
輕　窗　　紅　人　春　月　云　恨　何
盡　殘　歸　雨　夢　來　香　金　依　情
　　見　　玉　重　秋　閒　更
　　　畫　煙　遠　　天

**李煜前期**

　　　　　　帘　　恨
　　堪　往　正　夜
　　中　江　玉　在　斷　難　閒
雨　深　山　事　時　花　水　流　昨
更　　少　里　夢　一　月　是　獨　燭　還
空　　明　多　來　春　樓　秋　無　日　似　寒
　　遠　何　幾　國　風　不　歸　清　能
　　　天　東　別　如　人　心　長
　　　　　生　　愁　院

**李煜後期**

T
O
C
F
L
B2

2. 下面這朵文字雲可能是婉約詞還是豪放詞？為什麼？

誰 了 可英 間 路 成
髮平驚 憑弦當猶古取
名 使 神 中一何時聲 邊 問
幾 想 下三千 天 人 年 月生 無 懷 只
尋 北看 江 如 山 雪 草
壯 流 笑 長 老 望 風 雄 頭
王 雨 去 多少 里虎 此
事 空 發 道八
常

# 第 8 章

## 戲曲中的角色與情感

介紹明清戲曲與角色行當等特色，並且用「情感分析」觀察中國戲曲的悲喜劇走向。

學習重點

1. 能認識中國戲曲的起源與發展特色。
2. 能思考戲曲中的情感顯現的思想。
3. 能比較各國古典戲曲的表演方式。

## 元曲繼承了宋詞的音樂性

宋代以後，蒙古人在中原建立了元代。搭配音樂歌唱的作品，**經過**長時間的發展，開始產生一些在原來的音樂外的「襯字」。而元代**戲曲**[1]繼承了宋詞，也可以配合音樂而唱，是元代的代表文學。

## 元曲的作者

元代的統治者**廢除**[2]了科舉制度，讓文人失去到政府工作的機會。當時的社會有所謂「一官、二吏、三僧、四道、五醫、六工、七獵、八娼、九儒、十丐」的說法。文人失去政治理想，只能做一些需要寫字的工作。同時隨著唐、宋兩代的城市經濟不斷發展，市民階層的人口逐漸增加，城市中娛樂活動越來越多，有一些文人就選擇在劇場當編劇。

元曲比起宋詞，字數不受限制，使用的字也更簡單。文人在劇場工作，了解人民的生活，再把這些經驗寫進作品中。當時戲劇作家有80多人，作品約500多種。

第8章

## 戲曲的特色

　　中國戲劇的角色分工、表演程式、韻律宮調[1]等
方面，都有一定的規定。戲曲**發展**(3)之初，整部戲由
固定的男性角色或女性角色演唱，後來戲曲把角色分
成生、旦、淨、末、丑五大類，每種角色都可以演唱
與唸臺詞。生是男性角色；旦是女性角色；淨是特殊
角色，通常是壞人；末是老人；丑則是負責製造笑料
的人物。由於傳統表演場地的限制，演出時無法布
置許多布景道具，因此中國戲曲<u>將</u>上樓、下樓、開
門、騎馬、乘車等需要布景道具的動作，規定一套表
演程式，讓演員做出該動作，觀眾即可理解他動作
的意義，進而發展出「**虛擬**(4)」、「象徵」的舞臺特
色。也由於演員以動作取代道具的方式，最後舞臺上
常常只見一桌二椅的擺設。

TOCFL
B2
～
C1

1 程式：規定的形式，一定的程序。宮調（gōngdiào）：古代樂曲曲調的
總稱。

## 知識提示

中國戲曲的角色動作模仿魁儡戲而來，因此演員的動作並不是像自然人物。演員的臉上畫有油彩臉譜，是為了讓更多的觀眾區分角色、看清楚演員的表情。臉譜的顏色也很講究，紅色代表正直勇敢、白色代表奸詐狠毒、黑色代表勇猛直爽、金銀色代表神佛鬼怪等等。

關漢卿是元代劇作家的代表，他的戲劇作品諷刺社會黑暗和貪污的官員，讚美對抗惡勢力的人物，歌頌[5]歷史英雄人物，表達了自己的希望。他的代表作品是中國最偉大的悲劇故事《竇娥冤》，故事的主角竇娥受到官員的誣賴，含冤而死，最後被平反[6]的故事。

## 作品欣賞

### 竇娥冤（選文）　關漢卿

【耍孩兒[1]】……（劊子云[2]）你還有甚的[3]說話？

譯 ……（負責砍頭的人說）你還有什麼想說的？

1 耍孩兒：曲牌名。2 云：說臺詞。3 甚的：等於「什麼」。

第8章

此時不對監斬[4]大人說，幾時說那[5]？

（譯）現在不對監督死刑的大人說，什麼時候才要說呢？

(正旦再跪科[6]，云) 大人，如今是三伏天[7]道，

（譯）（女主角做再跪下的動作，說）大人，現在是夏天，

若竇娥委實[8]冤枉，身死之後，天降三尺瑞雪，

（譯）如果我竇娥實在冤枉，在我死了之後，上天會降下大
　　雪，

遮掩了竇娥屍首。 (監斬官云) 這等三伏天道，

（譯）把我的屍體埋了。（監督死刑的官員說）現在是夏天，

你便有沖天的怨氣，也召不得一片雪來，

（譯）你就算有多大的怨氣，也叫不來一片雪花，

可不胡說！

（譯）不可以亂說！

(正旦唱) 【二煞】你道是暑氣暄，不是那下雪
天；

（譯）（女主角唱）……你說夏天很熱，不是下雪的時候；

<<<<<<< -------------------------------------- >>>>>>>

4 監斬：監督砍頭的工作。5 那：等於「哪」，疑問詞。6 科：做動作。7
三伏天：夏天的節氣。8 委實：實在。

TOCFL B2~C1

豈不聞飛霜六月因鄒衍[9]？

譯 你難道沒聽過鄒衍因大哭引來六月飛雪的故事嗎？

若果有一腔怨氣噴如火，

譯 如果我們有滿心的怨氣像火一樣噴出，

定要感的六出冰花滾似綿，免著我屍骸現；

譯 一定會感動上天降下冰雪把我埋葬，避免我的屍體被
人看見；

要什麼素車白馬，斷送出古陌荒阡！

譯 根本不用送葬的車馬，送我到墳墓而去。

(正旦再跪科，云) 大人，我竇娥死的委實冤枉，

譯 （女主角再做出跪下的動作，說）大人，我竇娥死的
實在冤枉，

從今以後，著[10]這楚州亢旱[11]三年！

譯 從今天開始，讓這楚州發生三年旱災！

<<<<<<< -------------------------------- >>>>>>>

9 飛霜六月因鄒衍（yǎn）：鄒衍是戰國時候的人，曾經因為受到壞人的
陷害入獄，傷心大哭引來六月飛雪。後來用六月飛霜表示有冤情。10 著：
令、使。11 旱（hàn）：不下雨。

**（監斬官云）** 打嘴！那有這等說話！ **（正旦唱）**

譯 （監督死刑的官員說）打她的巴掌！哪有這樣說話的！（女主角唱）

【一煞】你道是天公不可期，人心不可憐，

譯 你說上天不可許願，人心不可憐，

不知皇天也肯從人願。做甚麼三年不見甘霖降[12]？

譯 但你不知道上天也願意聽人的心願。為什麼曾經三年不下雨呢？

也只為東海曾經孝婦冤，如今輪到你山陽縣。

譯 也只是因為東海曾經發生孝婦被冤枉的故事，現在輪到你主管的山陽縣了。

這都是官吏每無心正法，使百姓有口難言！

譯 這都是因為官員們沒有想要好好執行法律，讓人民有話卻不能說啊！

**（劊子做磨旗科，云）** 怎麼這一會兒天色陰了也？

譯 （負責砍頭的人做磨刀的動作，說）怎麼一下子天色就變暗了？

12 甘霖降：下雨。

（內做風科，劊子云）好冷風也！（正旦唱）

譯 （舞臺後做吹風的動作，負責砍頭的人說）好冷的風
　　啊！（女主角唱）

【煞尾】浮雲爲我陰，悲風爲我旋，

譯 天上的雲替我擋住了陽光，悲傷的大風因我吹起，

三椿兒[13]誓願明題遍。（做哭科，云）婆婆也，

譯 三件心願明明白白說了一遍。（做哭的動作，說）婆
　　婆呀，

直等待雪飛六月，亢旱三年呵，

譯 你等著夏天下雪，三年旱災啊！

（唱）那其間才把你個屈死的冤魂這竇娥顯！

譯 （唱）那時候才能把你媳婦竇娥的冤情顯現出來啊！

（劊子做開刀，正旦倒科）（監斬官驚云）呀，

譯 （負責砍頭的人舉起刀，女主角做倒地的動作）（負
　　責監督死刑的官員驚訝的說）呀，

<<<<<<<-----------------------------------＞＞＞＞＞＞＞

13 三椿（zhuāng）兒：等於「三件事」。竇娥一共發了「血不落地、六
月飛霜、亢旱三年」等三個誓言。

眞個下雪了，有這等異事！

譯 眞的下雪了，有這樣奇怪的事情！

（劊子云）我也道平日殺人，滿地都是鮮血，

譯 （負責砍頭的人說）我也說平常殺人，鮮血都會流滿
地面，

這個竇娥的血都飛在那丈二白練[14]上，

譯 這個竇娥的血都飛到那白布上，

並無半點落地，委實奇怪。

譯 沒有一滴落在地面，實在奇怪。

（監斬官云）這死罪必有冤枉。早兩椿兒應驗了，

譯 （負責監督死刑的官員說）這死罪一定有冤枉。前面
兩件事都實現了，

不知亢旱三年的說話，準也不準？

譯 不知道旱災三年的說法，準確不準確？

且看後來如何。左右，也不必等待雪晴，

譯 我們就看將來會怎麼樣。左右的隨從，也不用等到雪
停，

TOCFL B2~C1

<<<<<<< --------------------------------- >>>>>>>

14 白練：以前死刑時，行刑臺上掛著的白布。

便與我攙他屍首，還了那蔡婆婆去罷。

**譯** 就幫我把竇娥的屍體抬起，還給她婆婆離開吧。

（眾應科，抬屍下）

**譯** （大家做出回應的動作，抬著屍體下臺）

## 文人戲曲的雅化

在元朝以後，戲曲受到越來越多人的歡迎。儘管明朝恢復了科舉考試，但還是有一些文人持續從事戲曲創作。湯顯祖（1550-1616）是明代最傑出的戲劇作家，他反對傳統，追求個性解放。最有名的作品是《牡丹亭》，思想內涵深刻，藝術成就卓越，成為中國戲劇史上的傑作。《牡丹亭》「有聲必歌，無歌不舞」，<u>將</u>文學作品與音樂、舞蹈完美結合，語言委婉深情，達到「文人戲曲」的最高藝術成就。

## 作品欣賞

### 牡丹亭（選文）　湯顯祖

（旦）不到園林，怎知春色如許[1]！

譯 （女主角）不到花園裡，怎麼知道春天的景色怎麼樣呢！

【皂羅袍[2]】原來姹紫嫣紅[3]開遍，

譯 【曲牌】原來這春天百花盛開真美麗，

似這般都付與斷井頹垣[4]。

譯 卻開在這偏僻、缺少維護的建築旁。

良辰美景奈何[5]天，賞心樂事誰家院！……

譯 我面對這美好的時光景色，心中充滿著無奈，到底哪一家才可以真正擁有快樂的事物呢！……

（合）朝飛暮捲，雲霞翠軒；

譯 （合唱）早晚雲飛雨捲，雲彩照著美麗的樓閣。

TOCFL B2~C1

<<<<<<<<----------------------------->>>>>>>>

1 如許：等於「如何」、「怎麼樣」。2 皂羅袍：曲牌名。3 姹紫嫣紅：春天百花盛開的樣子。4 斷井頹垣：折斷的井欄，斑駁的牆壁。指偏僻、缺少維護的建築。5 奈何：怎樣、如何。

雨絲風片，煙波畫船——錦屏人忒⁶看的這韶光⁷賤！

譯 絲絲雨，陣陣風，畫船在水上輕輕搖動。躲在房裡不出門的女孩子白白度過了這美好的時間。

（貼）是花都放了，那牡丹還早。

譯 （女配角）所有花都開了，只有牡丹還沒開。

【好姐姐】（旦）遍青山啼紅了杜鵑，

譯 【曲牌】（女主角）紅色的杜鵑花開遍整座青山，

荼蘼⁸外煙絲醉輭⁹。春香呵，牡丹雖好，

譯 荼蘼花架柳絲隨風飄的樣子讓人陶醉。春香啊，牡丹花雖然好，

他春歸怎占的先！（貼）成對兒鶯燕呵。

譯 但要到了春天最後才開花！（女配角）飛鳥成雙成對呀。

（合）閒凝眄¹⁰，生生燕語明如翦¹¹，

譯 （合唱）沒事認真一看，燕子的叫聲清脆分明，

《《《《《《《‑ ‑ ‑ ‑ ‑ ‑ ‑ ‑ ‑ ‑ ‑ ‑ ‑ ‑ ‑ ‑ ‑ ‑ ‑ ‑ ‑ ‑ ‑ ‑ ‑ ‑ ‑ ‑》》》》》》》

6忒：等於「太」。7韶光：美好的時光。8荼蘼（túmí）：花名（roseleaf raspberry）。9輭（ruǎn）：等於「軟」。10凝眄（miàn）：認真的看。11翦（jiǎn）：等於「剪」，指邊角分明。

嚦嚦鶯歌溜的圓。（旦）去罷。

譯 黃鶯的歌唱清亮圓潤。（女主角）走吧。

（貼）這園子委是觀之不足也。

譯 （女配角）這花園實在看不夠呀。

（旦）提他怎的！（行介）

譯 （女主角）提那個作什麼！（做走路的動作）

【隔尾】觀之不足由他繾[12]，

譯 【曲牌尾聲】看不夠也只能留著心中想念，

便賞遍了十二亭臺是枉然[13]。

譯 就算看完了全部的花園也沒有什麼有用的收穫。

到不如興盡回家閒過遣。（作到介）

譯 倒不如趁玩得開心回去房間打發時間吧！（做回到房間的動作）

<<<<<<<------------------------------------------------------------------------------------------------------------------------------------------------------------------------------------------------------------------------------------------------------------------------------------------------------------------------------------------------------------>>>>>>>

12 繾（qiǎn）：不忍分離。13 枉（wǎng）然：沒有有用的收穫。

TOCFL B2~C1

# 京戲與戲曲主題

　　明清時代戲曲**經過**長時間的**演進**[7]，各地都有自己的地方戲。直到清代乾隆皇帝**80大壽**[8]，官員們獻戲祝福，原本地方戲中的西皮、二黃腔調，成為北京的代表，被稱為京劇。京劇的特點是音樂有固定的格式，角色分工**細密**[9]，服裝和化妝也逐漸成熟，成為中國戲曲的代表。

　　中國的戲曲主題有一部分是關於愛情，被稱為**才子佳人**[10]戲。故事的發展都是**以**男女主角相愛然後遇到困難，最後大團圓的內容**為**主題。當然也有一部分戲曲的主題講的是忠誠、孝順、正義，懲罰壞人和貪污的官員。下面是用電腦對戲曲情感的分析，把情緒分成正向和負向兩種文字，從情緒的消長看戲曲的情感。比如《牆頭馬上》是才子佳人大團圓戲，所以它的正向詞始終大於負向詞；而《霸王別姬》是西楚霸王項羽兵敗自刎的故事，但是正向詞還是大於負向詞，所以有人說中國沒有真正的悲劇，但是也有人主張關漢卿《竇娥冤》是中國最有代表性的悲劇，你覺得呢？

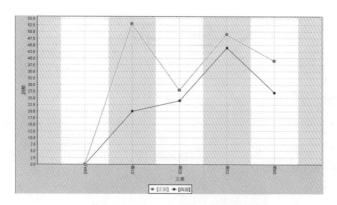

《牆頭馬上》情感分析圖

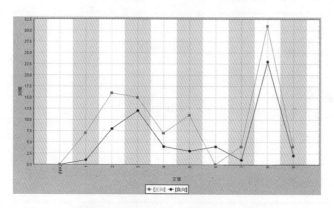

《霸王別姬》情感分析圖

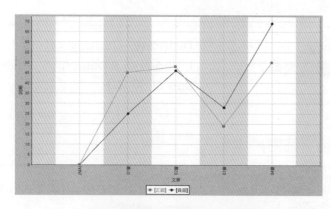

《竇娥冤》情感分析圖

# 生詞表

| | |
|---|---|
| xìqǔ<br>(1) 戲曲（戏曲） | opera [N] |
| fèichú<br>(2) 廢除（废除） | repeal [V] |
| fāzhǎn<br>(3) 發展（发展） | development [N] |
| xūnǐ<br>(4) 虛擬（虚拟） | virtuality [N] |
| gēsòng<br>(5) 歌頌（歌颂） | praise [V] |
| píngfǎn<br>(6) 平反 | political rehabilitation [V] |
| yǎnjìn<br>(7) 演進（演进） | evolve [V] |
| dàshòu<br>(8) 大壽（大寿）* | Birthday. Usually refers to the birthday of a person who over the age of 50 [N] |
| xìmì<br>(9) 細密（细密） | fine [N] |
| cáizǐ jiārén<br>(10) 才子佳人* | talented men and beautiful women [N] |

第8章

※表中加上*號的生詞，是專有名詞。

# 【語法】

## 1. 將（To Dispose of Something with）

中國戲曲將上樓、下樓、開門、騎馬、乘車等需要布景道具的動作，規定一套表演程式，讓演員做出該動作。

例句1：外面的風太大了，所以我將門關上。

例句2：回家時，我先將書包放到房間才去吃飯。

---

## 2. 經過（after）

明清時代戲曲經過長時間的演進，各地都有自己的地方戲。

例句1：經過老師的建議後，這份作業變得更加完整。

例句2：這座城市經過長時間的修繕，才恢復地震前的模樣。

---

## 3. 以A為B（to take A as B）

才子佳人戲故事的發展都是以男女主角相愛然後遇到困難，最後大團圓的內容為主題。

例句1：弟弟以成為一位正式老師為目標，正在努力準備考試。

TOCFL B2~C1

例句2：小孩子常常<u>以</u>父母<u>為</u>學習對象，模仿他們的
　　　　行為。

## 【問題與討論】

1. 戲曲反映時代背景，你能不能舉一部現在的影集
或電影進行分析？

2. 你的國家古典戲劇的表演方式有什麼特色？它和
中國戲曲有什麼異同？

3. 如果用中國戲曲臉譜代表自己，你想要用什麼顏
色表現？為什麼？

第8章

# 章回小說的文與白

簡介《三國演義》、《水滸傳》與《西遊記》，從人物的「詞語趨勢圖」看情節轉換。

學習重點

1. 能認識章回小說與話本的關係。
2. 能認識章回小說的特色。
3. 能觀察詞語趨勢代表小說人物推動情節的方式。

## 明清的代表文學是小說

　　談到唐代以來的中國文學，大家常憑「唐詩」、「宋詞」、「元曲」、「明清小說」這幾個具代表性的詞，簡單地描述各代的文學特點與最高成就。可知，明、清兩代小說發展十分繁榮。

## 《三國演義》是第一部章回小說

　　宋代開始民間娛樂活動盛行，茶樓中常有「說書」的表演，以單人講故事的方式進行。今天可以看見「說書人」的講稿，包括《三國志平話》、《大唐三藏取經詩話》、《大宋宣和遺事》等關於歷史名人的故事。這樣的特色是巧妙地融合歷史真實和藝術虛構，後來被不同的作者修訂改寫成小說。

　　首先是羅貫中的《三國演義》，它是中國第一部章回小說。三國的歷史是以「曹魏」為正統[(1)]，但是在《三國演義》中，反而以「蜀漢」為中心，並塑造[(2)]了許多精彩的人物。由於這本書是羅貫中改寫[(3)]

茶樓中說書人的故事而成，因此，它的語言特色是簡單容易讀懂的文言文；並且保留了情節關鍵處吊人胃口的懸疑[4]性，受到很多人的歡迎，在當時的社會流傳很廣。

## 作品欣賞

### 三國演義（選文）　羅貫中

操[1]與宮[2]坐久，忽聞莊後[3]有磨刀之聲。操曰：

譯 曹操和陳宮坐了一段時間，突然聽見大廳後面有磨刀的聲音。曹操說：

「呂伯奢非吾至親，此去可疑，當竊聽之。」

譯 「呂伯奢不是我的親人，這樣離開很可疑，應該要偷聽一下。」

二人潛步入草堂後，但聞人語曰：

譯 兩個人放輕腳步走到草堂後面，只聽到有人說：

T
O
C
F
L
B2
～
C1

<<<<<<< ------------------------------- >>>>>>>

1 操：指曹操，字孟德。2 宮：指陳宮。3 莊後：當時曹操與陳宮受到通緝，暫躲到熟人呂伯奢的山莊，這裡指呂伯奢家大廳外。

「縛⁴而殺之，何如？」操曰：「是矣！

譯 「把他綁起來殺掉，怎麼樣？」曹操說：「這就對
　　了！

今若不先下手，必遭擒獲。」遂與宮拔劍直入，

譯 現在如果不先動手，一定會被抓起來。」就和陳宮拔
　　出劍直接進入，

不問男女，皆殺之，一連殺死八口。

譯 不管男人女人，全部殺掉，一共殺死八個人。

搜至廚下⁵，卻見縛一豬欲殺。宮曰：

譯 找到廚房附近，卻看到綁著一隻準備要殺的豬，陳宮
　　說：

「孟德心多，誤殺好人矣！」急出莊上馬而行。

譯 「曹操多心，不小心殺了好人！」急忙騎馬離開山
　　莊。

行不到二里，只見伯奢驢鞍前懸酒二瓶，

譯 走不到二里遠，只看到呂伯奢牽著吊著兩瓶酒的驢
　　子，

‹‹‹‹‹‹‹ ------------------------------ ››››››››

第9章

4 縛（fú）：用繩子綁住。5 下：附近。

手攜果菜而來，叫曰：「賢姪與使君[6]何故便去？」

譯 手裡提著水果蔬菜走來，大聲說：「賢姪與使君為什麼要離開？」

操曰：「被罪[7]之人，不敢久住。」伯奢曰：

譯 曹操說：「身上帶著罪責的人，不敢久留。」呂伯奢說：

「吾已分付[8]家人宰一豬相款[9]，賢姪、

譯 「我已經交代家人殺一隻豬請你們，賢姪、

使君何憎[10]一宿？速請轉騎。」

譯 使君怎麼這麼見外不留下住一晚？請趕快讓你們的馬匹回頭。」

操不顧，策馬便行。行不數步，忽拔劍復回，

譯 曹操不理他，繼續往前走。走沒幾步，突然拔出劍回來，

<<<<<<< ------------------------------- >>>>>>>

6 賢姪（zhí）：從前人對朋友的兒子的稱呼，因為呂伯奢和曹操的父親是朋友，所以稱曹操為賢姪。使君：指地方長官，陳宮在逃亡前是地方長官，所以呂伯奢稱陳宮為使君。7 被（pī）罪：被讀作 pī 時，原本是指把衣服加在身上，被罪的意思就是身上帶有罪責。8 分付：等於「吩咐」，用言語提醒交代的意思。9 款：動詞，招待。10 憎（zēng）：討厭。

TOCFL
B2～
C1

叫伯奢曰：「此來者何人？」

譯 對呂伯奢大叫道：「這來的人是誰？」

伯奢回頭看時，操揮劍砍伯奢於驢下。

譯 呂伯奢回頭看的時候，曹操趁機舉起劍砍殺呂伯奢倒在驢子旁邊。

宮大驚曰：「適纔[11]誤耳，今何為也？」

譯 陳宮非常驚訝的說：「剛才我們是因為誤會，現在又是為什麼呢？」

操曰：「伯奢到家，見殺死多人，安肯干休？

譯 曹操說：「呂伯奢回到家，看到我們殺死多位家人，哪裡肯算了？

若率眾來追，必遭其禍矣。」

譯 如果帶著很多人來追捕我們，我們一定會跑不掉呀。」

宮曰：「知而故殺，大不義也！」

譯 陳宮說：「明知道他是好人卻故意殺人，是非常不正確的啊！」

<<<<<<< -------------------------- >>>>>>>

11 適纔（cán）：等於「適才」、「剛才」。

第9章

操曰：「寧教我負<sup>12</sup>天下人，休<sup>13</sup>教天下人負我。」

🈺 曹操說：「寧可我對不起所有人，不要別人對不起我。」

陳宮默然。

🈺 陳宮沉默不說話。

<<<<<<< ------------------------------ >>>>>>>

12 負：指「對不起」。13 休：不要。

## 知識提示

　　中國古人的姓名有名和字的分別。名是出生時決定，字則是十五歲以後社會朋友互相的稱呼。一般而言，稱呼別人要稱字而不稱名，如陳宮稱曹操，必須稱他的字為「孟德」，對年長尊敬者還要在他的字後面加上兄長的「兄」字，成為「孟德兄」。如果直接的叫他「曹操」，就是「指名道姓」，是不禮貌的行為。名和字常常都是一組有關的字，有時候意思相近，有時候意思對稱。如「操」是外在的動作行為，「德」是內在的道德心志，你能不能找出幾位古代名人的名和字，說說名和字的關係呢？

TOCFL B2〜C1

## 英雄小說《水滸傳》

　　約和《三國演義》同時，還有一部有名的長篇章回小說《水滸傳》。它主要寫北宋末年政治的黑暗，在山東境內一個名為梁山泊的地方，由大盜宋江等一百零八位英雄**相聚**(5)，反抗**朝廷**(6)的故事。從那時起，梁山泊英雄故事就以口頭創作被流傳開來，一直到了明初施耐庵加工改寫成《水滸傳》。它雖然以民間傳說故事為主，但不是歷史小說，而屬於英雄小說。與《三國演義》相比，它的語言更接近口語，是第一部以**通俗**(7)口語寫成的長篇小說。在《水滸傳》之後，中國的長篇小說多用白話文寫成，可見它的影響力。

## 作品欣賞

## 水滸傳（選文）　施耐庵

次日，巳牌[1]時分，只聽得門首有兩個承局[2]叫道：

**譯** 第二天，上午十點左右，只聽到門口有兩個傳令人員大聲說：

「林教頭[3]，太尉[4]鈞旨[5]，道[6]你買一口好刀，

**譯** 「林教頭，太尉命令，他說你買了一把好刀，

就叫你將去比看。太尉在府裡專等。」

**譯** 叫你拿去給他看看。太尉專門在辦公廳裡等你。」

林沖聽得，說道：「又是甚麼多口的[7]報知了！」

**譯** 林沖聽見，說：「又是哪個多嘴的跟他說讓他知道了！」

<<<<<<< -------------------------------- >>>>>>>

1 巳牌：古時用「子、丑、寅、卯、辰、巳、午、未、申、酉、戌、亥」區分一天的時間為 12 段，巳時指的是上午 9 時到 11 時。2 承局：古時候政府的低階傳令人員。3 林教頭：指林沖，當時林沖擔任訓練政府軍隊的教練，稱為教頭。4 太尉：古代管理軍事最高的官員。5 鈞（jūn）旨：鈞是盛大的意思，加在長官、長輩前面表達尊敬。旨：命令。6 道：等於「說」。7 多口的：等於「多嘴的」，指喜歡說別人八卦的人。

兩個承局催得林沖穿了衣服，拿了那口刀，

譯 兩個傳令人員催促林沖換上正式的衣服，拿了那把刀，

隨這兩個承局來。

譯 跟著他們走。

一路上，林沖道：「我在府中不認得你。」

譯 在路上，林沖說：「我在辦公廳沒看過你。」

兩個人說道：「小人新近參隨[8]。」

譯 兩個人說：「我們是最近新來的隨從人員。」

卻早來到府前。進得到廳前，林沖立住了腳。

譯 沒一下子就來到辦公廳前面。走到辦公廳前面，林沖
停下了腳步。

兩個又道：「太尉在裡面後堂[9]內坐地。」

譯 兩個人又說：「太尉在裡面的辦公廳。」

轉入屏風，至後堂，又不見太尉，林沖又住了腳。

譯 他們又往內走，還是沒看到太尉，林沖又停住了腳
步。

《《《《《《-----------------------------》》》》》》

8 參隨：隨從人員。9 後堂：內廳。

兩個又道：「太尉直在裡面等你，叫引教頭進來。」

譯 兩個人又說：「太尉一直在裡面等你，要我們帶你進
　　去。」

又過了兩三重門，到一個去處，

譯 又過了兩三道門，到一個地方，

一周遭都是綠欄杆。

譯 周遭都是綠柵欄。

兩個又引林沖到堂前，說道：

譯 兩個人又帶林沖到辦公室前，說：

「教頭，你只在此少待[10]，等我入去稟[11]太
尉。」

譯 「教頭，你在這裡等一下，等我們進去報告太尉。」

林沖拿著刀，立在簷前[12]。

譯 林沖拿著刀，站在門外。

TOCFL B2~C1

<<<<<<< ----------------------------------- >>>>>>>

10 少（shǎo）待：等於「稍待」，禮貌的請人等待一下。11 稟（bǐn）：
下對上的說話。12 簷（yǎn）前：門口。

兩個人自入去了；一盞茶[13]時，不見出來。

譯 兩個人自己進去了；過了一下子，還沒看到人出來。

林沖心疑，探頭入簾看時，

譯 林沖心裡懷疑，探頭看門內的辦公室，

只見簷前額上有四個青字，寫著：

譯 只看到門上寫了四個綠色的大字：

「白虎節堂。」林沖猛省道：

譯 「白虎節堂。」林沖突然想起說：

「這節堂是商議軍機大事處，

譯 「這地方是討論國家大事的地方，

如何敢無故輒入[14]！……」急待回身，

譯 怎麼敢沒事就進來！……」急忙轉身要離開，

只聽得靴履響，腳步鳴，一個人從外面入來。

譯 卻聽到鞋子的腳步聲，一個人從外面進來。

林沖看時，不是別人，卻是本管高太尉，

譯 林沖看向他，不是其他人，就是自己的長官高太尉，

<<<<<<< ------------------------------- >>>>>>>

13 一盞（zhǎn）茶：喝一杯茶的時間。14 無故輒（zhé）入：輒，等於「就」。整句話的意思是「沒有原因就進入」。

林沖見了，執刀向前聲喏[15]。

譯 林沖看見，拿著刀問候他。

太尉喝[16]道：「林沖！你又無呼喚，

譯 太尉生氣大聲說：「林沖！你沒有我的命令，

安敢輒入白虎節堂！你知法度否？

譯 怎麼敢直接到白虎節堂！你知道規定嗎？

你手裡拿著刀，莫非來刺殺下官！有人對我說，

譯 你手裡拿著刀，難道你想來殺我！有人對我說，

你兩三日前拿刀在府前伺候，必有歹心！」

譯 你兩三天前拿著刀在辦公廳前等著，一定有壞主
　 意！」

林沖躬身稟道：「恩相[17]，

譯 林沖鞠躬禮貌回說：「長官，

恰才蒙兩個承局呼喚林沖將刀來比看。」

譯 剛才被兩個傳令人員叫我拿刀來給您看。」

《《《《《《《 ------------------------------- 》》》》》》》

15 喏（nuò）：等於「諾」，應答聲。16 喝（hè）：高聲呼叫，有責怪
的意思。17 恩相：以前對長官的尊稱。

太尉喝道：「承局在哪裡？」

譯 太尉生氣大聲說：「傳令人員在哪裡？」

林沖道：「恩相，他兩個已投<sup>18</sup>堂裡去了。」

譯 林沖說：「長官，他們兩個人已經到辦公室裡去了。」

太尉道：「胡説！甚麼承局，敢進我府堂裡去？

譯 太尉說：「亂說！什麼傳令人員，敢進入我的辦公室？

——左右！與我拿下<sup>19</sup>這廝<sup>20</sup>！」話猶未了，

譯 ——護衛！替我抓住這個傢伙！」話還沒說完，

旁邊耳房裡走出三十餘人把林沖橫推倒拽<sup>21</sup>下去，

譯 旁邊的房間裡走出了三十幾個人把林沖圍捕抓住，

高太尉大怒道：「你既是禁軍教頭，

譯 高太尉十分生氣地說：「你既然是軍隊的教官，

第9章

<<<<<<< ------------------------------ >>>>>>>

18 投：進入。19 拿下：抓住。20 這廝（sī）：這個人，極度不禮貌的語氣。21 橫推倒拽（zhuài）：拽，拖拉。橫推倒拽指一群人圍捕的把人抓住。

法度也還不知道！因何手執利刃，故入節堂，

譯 法律難道不懂嗎！為什麼手拿鋒利的刀子，來到辦公廳，

欲殺本官。」叫左右把林沖推下……

譯 想要殺我。」叫護衛把林沖推下去……

畢竟看林沖性命如何，且聽下回分解[22]。

譯 到底林沖後來生死如何，記得聽下一集的故事。

《《《《《《《 ------------------------------------------- 》》》》》》》

22 且聽下回分解：章回小說一個段落稱為「回」。分解是「說明」的意思。說書人為了吸引聽眾，會在最精彩處停下來，等待續集。章回小說保留說書人的習慣，會在每一回最後留下這句話。

# 章回小說的特色

　　在《三國演義》以前，長篇小說創作通常是茶樓中說書人的底本；自從《三國演義》出現以後，在明代，這類的作品就大量產生。受到《三國演義》和《水滸傳》的影響，不少作家都從某一個時代中選取一個或幾個英雄人物，為他們創造傳奇式的長篇小說，形成了長篇章回體演義小說的風氣。比如中國神魔小說的代表《西遊記》也屬於這類，用唐朝前往印度取經的僧人玄奘作為重要角色，加上想像出孫悟空、豬八戒、沙悟淨作為護法，**加油添醋**[(8)]寫這趟旅程的經過。上述這些小說，它們的形式多是章回小說，原本是說書人在茶樓表演的**腳本**[(9)]，之後經由文人的改寫而來。因此，人物多元、用字**白話**[(10)]、故事情節懸疑，通常形成百回以上的章回，是它主要的藝術特徵。

第
9
章

# 生詞表

| | |
|---|---|
| zhèngtǒng<br>(1) 正統 | orthodox [N] |
| sùzào<br>(2) 塑造 | shaping [N] |
| gǎixiě<br>(3) 改寫（改写） | rewrite [V] |
| xuányí<br>(4) 懸疑（悬疑） | suspense [N] |
| xiāngjù<br>(5) 相聚 | get together [V] |
| cháotíng<br>(6) 朝廷* | imperial court [N] |
| tōngsú<br>(7) 通俗 | popular [N] |
| jiāyóutiāncù<br>(8) 加油添醋 | elaborate [V] |
| jiǎoběn<br>(9) 腳本（脚本） | script [N] |
| báihuà<br>(10) 白話（白话） | vernacular [N] |

T O C F L B2～C1

※表中加上*號的生詞，是專有名詞。

# 【語法】

## 1. 憑（lean on）

談到唐代以來的中國文學，大家常<u>憑</u>「唐詩」、「宋詞」、「元曲」、「明清小說」這幾個具代表性的詞，簡單地描述各代的文學特點與最高成就。

例句1：妹妹<u>憑</u>自己的努力，考到了理想中的學校。

例句2：這項工程相當繁雜，<u>憑</u>一己之力是無法完成的。

---

## 2. 反而（on the contrary）

三國的歷史是以「曹魏」為正統，但是在《三國演義》中，<u>反而</u>以「蜀漢」為中心，並塑造了許多精彩的人物。

例句1：雖然哥哥大學讀的是中文系，但他<u>反而</u>對外國文學比較有興趣。

例句2：要拿下籃球比賽的勝利，關鍵不在個人的表現，團隊合作<u>反而</u>更重要。

3. 經由……而來（by）

明清章回小說原本是說書人在茶樓表演的腳本，
之後<u>經由</u>文人的改寫<u>而來</u>。

例句1：這份作業是<u>經由</u>眾人共同努力<u>而來</u>，代表了
　　　　整組的想法。

例句2：這個文化<u>經由</u>長時間的累積與變動<u>而來</u>，展
　　　　現了多民族的風貌。

## 【問題與討論】

1. 在你的國家也有來自歷史或傳說的長篇小說嗎？
他們的故事內容和形式是什麼樣的呢？

2. 說書人為了增加收入，會在關鍵處停頓，形成章
回小說往往成為百回以上的長篇故事。那麼今天
在網路連載的小說是否也有這樣的特質呢？

3. 章回小說從話本而來，說書人在茶樓中講故事，
常常不會一天講完。長篇故事就會拆成許多章
回。會隨著故事的發展、聽眾的反映，角色在故
事中出現的頻率有所不同。下圖是詞語趨勢圖，
左邊是故事的開始，右邊是故事的結束，有人說
《三國演義》真正的主角是諸葛亮，從角色出現
的詞語趨勢圖能夠證明這件事嗎？為什麼？

TOCFL B2～C1

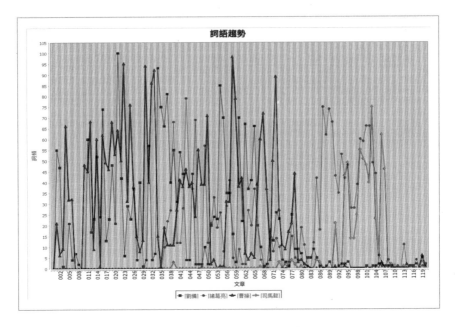

《三國演義》詞語趨勢圖

# 文人小說的真與假

舉《紅樓夢》、《聊齋誌異》、《儒林外史》為例，
用「關鍵詞分布」討論創作結構。

1. 能掌握文人小說的寫作主旨。
2. 能認識文人小說反映出的文化意義。
3. 能比較古今中外小說敘事與抒情的方法。

# 《紅樓夢》的「滿紙荒唐言」

　　曹雪芹的《紅樓夢》是清代長篇章回小說的代表，也是中國小說的傑作。在世界文學中，造成一股「紅學」研究的風潮。和《三國演義》、《水滸傳》、《西遊記》不同，它不是在茶樓中說書的故事，而是由文人作者獨力完成的作品。

　　《紅樓夢》的作者雖然學者有不同主張，但最多人相信是由曹雪芹所寫。曹雪芹的祖父是康熙皇帝的**親信**(1)，姑姑也是王妃。皇帝到江南時，還曾兩次住在曹家。曹雪芹的童年就是在這樣的**權貴**(2)生活中度過。但是後來換了皇帝，曹雪芹的父親因為事件被免職、沒收財產，<u>迫使</u>曹雪芹隨家人搬家到北京。生活**每況愈下**(3)，看盡了人情冷暖。年不到四十歲，就因為貧病過世。《紅樓夢》是曹雪芹類自傳小說，原名《石頭記》。小說中的人物從皇親國戚官員到僕人、平民，展現了清代社會的日常生活樣貌。

　　《紅樓夢》全書共120回，這部小說雖然不是說書人的故事，但受到章回小說特色的影響，曹雪芹也常以「話說」作為章回的開頭，以「要知端的，且聽

下回分解」作為章回的結尾。小說故事主要由兩個部分組成：一是透過賈府由盛轉衰的改變，感傷人生，尋求精神解脫。二是通過賈寶玉與姊妹間的感情，展現作者理想的真摯情感。《紅樓夢》在曹雪芹去世之前就以手稿流傳，朋友看過之後，有「字字看來是血淚，十年辛苦不尋常」的評語。在曹雪芹過世後，後40回手稿散失。但是由於《紅樓夢》受到人們的喜愛，後來有許多的續書產生；也由於《紅樓夢》藝術技巧高超，又是影射[4]清初真實歷史，專家學者也紛紛投入考證研究，形成紅學研究的風氣。而《三國演義》、《西遊記》、《水滸傳》及《紅樓夢》四部中國古典章回小說，故事內容豐富，文學技巧美妙，影響深遠，被合稱為四大名著。

TOCFL
B2
~
C1

## 作品欣賞

### 紅樓夢（選文）　曹雪芹

話說[1]鳳姐兒[2]自賈璉送黛玉往揚州去[3]後，

譯 說道鳳姐自從丈夫賈璉送黛玉往揚州去以後，

心中實在無趣，每到晚間，

譯 心中實在很無聊，每天到了晚上，

不過同平兒[4]說笑一回就胡亂睡了。這日夜間，

譯 只是和平兒聊天一會兒就睡了。這天晚上，

和平兒燈下擁爐，早命濃熏繡被，二人睡下，

譯 和平兒在燈下圍著暖爐，早早就叫人薰香棉被以後，
　　兩人就躺下準備睡了，

<<<<<<<------------------------------->>>>>>>

1 話說：《紅樓夢》受到說書人影響，用話說作為章節開頭。2 鳳姐兒：王熙鳳，是《紅樓夢》中的重要角色，主管家族的財物。3 賈璉（lián）送黛玉往揚州去：賈璉是王熙鳳的先生，黛玉是他的表妹，當時黛玉寄住在賈家，揚州的父親來信說生病了，由賈璉帶黛玉到揚州探病。4 平兒：王熙鳳的丫鬟，也是賈璉正式迎娶的妾。

屈指[5]計算行程，該到何處，不知不覺，

（譯）睡前用手算算丈夫的行程，大概到了什麼地方，不知
　　不覺，

已交三鼓[6]。平兒已睡熟了。鳳姐方覺睡眼微矇，

（譯）已經半夜。平兒已經睡熟了。鳳姐正覺得睡意朦朧，

恍惚[7]只見秦氏[8]從外走進來，含笑說道：

（譯）隱隱約約只看到秦可卿從外頭走進來，微笑說：

「嬸娘好睡！我今日回去，你也不送我一程。

（譯）「嬸娘睡得真好！我今天回去，你也不來送我一下。

因娘兒們素日相好，我捨不得嬸娘，

（譯）因我們姊妹平常要好，我捨不得你，

故來別你一別。還有一件心願未了，

（譯）所以來和你道別。還有一件心願沒完成，

<<<<<<< -------------------------------- >>>>>>>

5 屈指：用手指計算東西的數量。6 三鼓：又叫「三更」，以前用打更
鼓來報夜間的時間，三更是晚上 11 點到凌晨 1 點，正是半夜。7 恍惚
（huāng hū）：隱約不清楚的樣子。8 秦氏：指秦可卿，是王熙鳳的姻
親，兩人雖然不同輩分，但年紀相近，個性相合，很要好。

TOCFL B2～C1

非告訴嬸娘，別人未必中用。」

🔘 一定要告訴你，告訴別人未必有用。」

鳳姐聽了，恍惚問道：「有何心願？

🔘 鳳姐聽了，迷糊問：「有什麼心願？

只管託我就是了。」

🔘 你放心告訴我就好。」

秦氏道：「嬸娘，你是個脂粉⁹隊裡的英雄，

🔘 秦可卿說：「嬸娘，你是女人間的英雄，

連那些束帶頂冠¹⁰的男子也不能過你，

🔘 連那些做官的男人都比不上你，

你如何連兩句俗語也不曉得？常言『月滿則虧，

🔘 你怎麼連兩句俗話都不知道？大家常說『月亮到了最
圓滿後就會缺損，

水滿則溢』，又道是『登高必跌重』。

🔘 裝水裝到滿了就會灑出來。』又說『爬得越高，摔得
越重。』

9 脂粉：化妝品。10 束帶頂冠：戴腰帶和帽子，表示做官。

第10章

如今我們家赫赫揚揚，已將百載，

譯 現在我們家十分風光，已經快要一百年，

一日倘或『樂極生悲』，

譯 有一天如果真的『樂極生悲』，

若應了那句『樹倒猢猻散[11]』的俗語，

譯 如果應驗了那句『樹倒猢猻散』的俗話，

豈不虛稱了一世詩書舊族[12]了？」

譯 難道不是白白被稱為書香世家嗎？」

鳳姐聽了此話，心胸不快，十分敬畏，

譯 鳳姐聽到這句話，心裡不開心，十分擔心害怕，

忙問道：「這話慮[13]的極是，

譯 急忙問：「這話考慮的很對，

但有何法可以永保無虞[14]？」

譯 但有什麼可以永遠保持、不必擔心的方法呢？」

<<<<<<< ------------------------------------------ >>>>>>>

11 樹倒猢猻（húsūn）散：猢猻，指猴子，樹倒了原本住在樹上的猴子也四散，說明有權者一旦失去勢力，其他依附的人也會立刻離開。12 詩書舊族：書香世家，代代讀書當官的家族。13 慮：「考慮」的簡略語。14 無虞（yú）：虞，擔心。無虞，不用擔心。

TOCFL
B2
～
C1

秦氏冷笑道：「嬸娘好癡也！『否極泰來[15]』，

譯 秦可卿冷笑說：「嬸娘好傻呀！『否極泰來』，

榮辱自古周而復始，豈人力所能常保的？

譯 好壞從以前就不斷重複循環，哪裡是人力可以永遠保
　 持的？

但如今能於榮時籌畫下將來衰時的世業，

譯 但是趁現在家運好時計劃未來壞運時的工作，

亦可以常遠保全了。即如今日，諸事俱妥，

譯 也就算是可以維持了。像今天所有事都處理好，

只有兩件未妥，若把此事如此一行，

譯 只有兩件事沒有處理好，如果把這個方法來做，

則後日可保無患了。」

譯 那麼以後可以保證不必擔心了。」

鳳姐便問道：「什麼事？」

譯 鳳姐便問：「什麼事？」

<<<<<<< -------------------------------------------- >>>>>>>

15 否極泰來：否、泰是《易經》的兩個卦。否卦是壞卦，泰卦是好卦，
兩個卦前後相連，代表壞的運氣到了極點，就會轉成好的事情。

秦氏道：「目今祖塋[16]雖四時祭祀，

譯 秦可卿說：「現在祖墳雖然常年祭拜，

只是無一定的錢糧；第二，家塾[17]雖立，

譯 但是沒有固定的收支；第二，家族的學堂雖然設立，

無一定的供給。依我想來，

譯 但沒有固定的收支。就我看來，

如今盛時固不缺祭祀供給，但將來敗落之時，

譯 雖然現在家運好時不缺祭祖支出的費用，但以後敗落
　　的時候，

此二項有何出處？莫若依我定見，趁今日富貴，

譯 這兩筆支出要從哪裡來？不如就依照我的想法，趁著
　　今天有錢，

將祖塋附近多置田莊、房舍、地畝，

譯 在祖墳附近多買土地、房屋，

以備祭祀、供給之費皆出自此處，

譯 用收租的費用來準備祭祀，

<<<<<<< ------------------------------------------- >>>>>>>

16 祖塋（yíng）：祖先的墳墓。17 家塾（shú）：私人設立的學校，古
時富貴人家往往會設立家塾，讓家族的小孩學習。

TOCFL
B2
～
C1

將家塾亦設於此。……

譯 把家族的學堂也設立在這裡。……

便是有罪，己物可以入官，這祭祀產業，

譯 未來就算犯了法，財產會被沒收，但祭祖的財產，

連官也不入的。便敗落下來，子孫回家讀書務農，

譯 政府是不會收走的。就算敗落下來，子孫回家讀書種
田，

也有個退步，祭祀又可永繼。

譯 也有個退路，祭祖一事也可以繼續。

若目今以為榮華不絕，不思後日，終非長策。

譯 如果看今天生活富足，不考慮未來，始終不是長遠的
計畫。

眼見不日又有一件非常的喜事，真是烈火烹油，

譯 不久又有一件非常好的喜事將發生，真的非常熱鬧、

鮮花著錦[18]之盛。要知道也不過是瞬息的繁華，

譯 好上加好。但是一定要知道這不過是一下子的繁華，

<<<<<<< ------------------------------------ >>>>>>>

18 鮮花著（zhuó）錦：著，依附加上。錦，美麗的布。好上加好的意思，
成語更常用「錦上添花」。

一時的歡樂，萬不可忘了那『盛筵必散』的俗語！

（譯）一時間的歡樂，千萬不要忘了那句『盛筵必散』的俗語！

若不早爲後慮，只恐後悔無益了！」

（譯）如果不早點爲以後打算，只怕將來後悔也沒用了！」

鳳姐忙問：「有何喜事？」

（譯）鳳姐急忙問：「有什麼喜事？」

秦氏道：「天機不可洩漏。

（譯）秦可卿說：「上天的意思不可以說出來。

只是我與嬸娘好了一場，臨別贈你兩句話，

（譯）只是我和你要好過，要離開時送你兩句話，

須要記著！」因念道：「三春去後諸芳¹⁹盡，

（譯）必須要記住！」然後說：「春天消失以後各種花朵都會消失，

各自須尋各自門！」

（譯）每個人都必須要找自己要去的地方。」

<<<<<<< ------------------------------- >>>>>>>

19 諸芳：諸，許多。芳，花。諸芳本來指許多花，這邊指賈家有關的女孩們。

鳳姐還欲問時，只聽二門上傳出雲板[20]，

譯 鳳姐還想再問的時候，只聽到院子外面傳出了召集大家的雲板聲，

連叩四下，正是喪音[21]，將鳳姐驚醒。人回：

譯 連敲四下，正是有人過世的訊號，把鳳姐嚇醒了。外面的人回話：

「東府蓉大奶奶[22]沒了。」鳳姐嚇了一身冷汗，

譯 「秦可卿過世了。」鳳姐嚇得全身都是冷汗，

出了一回神，只得忙穿衣服，往王夫人[23]處來。

譯 呆了一下，只能趕忙更換衣服，到王夫人的地方集合。

彼時合家皆知，無不納悶[24]，都有些疑心。

譯 那時全家都知道這件事，沒有不感到奇怪的，都有一些懷疑。

<<<<<<< ------------------------------------ >>>>>>>

20 雲板：古時候召集眾人敲擊的樂器。21 喪音：報喪的聲音，說明有人過世了。22 東府蓉大奶奶：指秦可卿。23 王夫人：王熙鳳的姑姑，同時也嫁給王熙鳳公公的弟弟，親上加親的親人，也是賈府中管理事務的人。24 納悶：覺得奇怪不開心。

第10章

# 知識提示

　　中國的古典小說和詩詞關係密不可分，常常在全書的開頭、結尾或關鍵處，寫下一首詩，作為濃縮整個故事主旨的作品。比如《三國演義》開篇有「滾滾長江東逝水，浪花淘盡英雄。是非成敗轉頭空：青山依舊在，幾度夕陽紅？白髮漁樵江渚上，慣看秋月春風。一壺濁酒喜相逢：古今多少事，都付笑談中。」就是濃縮整個三國英雄故事後提出的人生態度。而《紅樓夢》第一回也有〈好了歌〉：「世人都曉神仙好，惟有功名忘不了。古今將相在何方？荒塚一堆草沒了！世人都曉神仙好，只有金銀忘不了。終朝只恨聚無多，及到多時眼閉了！世人都曉神仙好，只有嬌妻忘不了。君生日日說恩情，君死又隨人去了！世人都曉神仙好，只有兒孫忘不了。癡心父母古來多，孝順子孫誰見了！」也是作者藉由角色感嘆世事的無常。

T
O
C
F
L

B2
〜
C1

# 《聊齋誌異》的「愛聽秋墳鬼唱詩」

　　除了受到章回小說影響的文人長篇小說，也有短篇組成的文人小說形式。蒲松齡的《聊齋誌異》是<u>不可不</u>提的清代著名短篇文人小說，他通過大量鬼狐花妖的形象，來批評現實人生的黑暗。在蒲松齡筆下，鬼狐妖怪所變成的人物，都有人類的思想感情，又有動物的自然特徵。鬼狐妖怪比人要更善良、可愛，作者透過這種方法，讓人思考禮教和善良的關係。所以曾經有人用詩形容蒲松齡的《聊齋誌異》：「姑妄言之姑聽之，豆棚瓜架雨如絲。料應厭作人間語，愛聽秋墳鬼唱詩。」正說明了他是用鬼怪的故事來諷刺人間的現實。《聊齋誌異》以每篇短篇獨立的故事集合而成，每一段故事結束時，蒲松齡都會用「異史氏曰」發表看法，明顯受到《左傳》、《史記》的影響，繼承了古典文學的敘事傳統。

## 作品欣賞

### 聊齋誌異・畫皮　蒲松齡

太原王生，早行，遇一女郎，抱襆¹獨奔，

**譯** 太原有個姓王的男子，一早出門，在路上遇到一位女子，她正拿著行李一個人急忙走著，

甚艱於步。

**譯** 女子走得跌跌撞撞。

急走趁之，乃二八姝麗²。

**譯** 王生就追上去幫忙，對方是一個年輕的美女。

心相愛樂，問：「何夙夜³踽踽獨行⁴？」

**譯** 王生心中對她有好感，問：「你為什麼大清早一人走在路上？」

女曰：「行道之人，不能解愁憂，何勞相問？」

**譯** 女子回答說：「路上的人們沒辦法解決我的憂慮，何必要問我？」

<<<<<<<< ------------------------------- >>>>>>>>

1 抱襆（pú）：拿著行李。2 姝（shū）麗：等於「美麗」。3 夙（sù）夜：夙指早上，夙夜連用表示從早到晚。4 踽踽（jǔ）獨行：孤單行走。

TOCFL B2～C1

生曰：「卿[5]何愁憂？或可效力，不辭也。」

譯 王生說：「你有什麼煩惱？我也許可以幫忙，不必客
　　氣。」

女黯然[6]曰：「父母貪賂[7]，鬻妾朱門[8]。嫡[9]妒甚，

譯 女子沉著臉說：「我的父母貪財，把我賣給有錢人家
　　當妾。元配嫉妒我，

朝詈而夕楚辱之[10]，所弗堪[11]也，將遠遁[12]耳。」

譯 每天都打罵我，我受不了了，所以我想逃跑。」

問：「何之？」曰：「在亡之人，烏有[13]定所。」

譯 王生問：「你要去哪裡？」女子說：「對無家可歸的
　　人而言，沒有固定的去處。」

<<<<<<<< -------------------------------- >>>>>>>>

5 卿（qīng）：對人的尊稱。6 黯（àn）然：陰暗、黑暗的樣子。7 賂
（lù）：財物。8 鬻（yù）妾朱門：鬻，動詞，賣。妾，以前女子自稱。
朱門，從前的富貴人家大門漆成紅色，所以用朱門代指有錢人家。9 嫡
（dí）：正統的，這裡指元配大老婆。10 朝詈（lì）而夕楚辱之：詈，責
罵。楚辱，鞭打。整句話是說日夜不停被正妻打罵。11 弗（fú）堪：弗，
不。堪，承受。不能承受的意思。12 遁（dùn）：逃走。13 烏有：等於
「無有」，沒有的意思。

生言：「敝廬不遠，即煩枉顧。」

(譯) 王生說：「我的家不遠，如果你需要的話我可以帶你
去。」

女喜，從之。……

(譯) 女子很高興地，答應了。……

偶適市，遇一道士，顧生而愕[14]。問：「何所遇？」

(譯) 王生有一次去市集，遇到一個道士，看到王生被嚇
到。問：「你碰到什麼了？」

答言：「無之。」道士曰：「君身邪氣縈繞，

(譯) 王生回答：「沒有。」道士說：「你的身上都是邪
氣，

何言無？」生又力白。

(譯) 怎麼說沒有？」王生又努力澄清。

道士乃去，曰：「惑哉！世固有死將臨而不悟
者。」

(譯) 道士就離開，說：「真奇怪！這世界上竟然有快要死
了卻還不明白的人。」

<<<<<<< ----------------------------------- >>>>>>>

14 愕（èr）：驚嚇。

TOCFL
B2
~
C1

生以其言異，頗疑女；

譯 王生聽他的話覺得奇怪，有點懷疑那個女子；

轉思明明麗人，何至為妖，

譯 但轉頭一想又覺得她明明就是美女，哪裡可能是妖怪，

意道士借魘禳以獵食[15]者。

譯 應該是道士想要用做法事來賺錢吧。

無何，至齋門[16]，門內杜[17]，不得入。

譯 沒多久，到了那女子住的院子，門從裡面鎖住，不能進入。

心疑所作，乃踰垝垣[18]，則室門亦閉。

譯 王生懷疑她在做什麼，就跳過牆，裡面的門也是關著的。

躡跡[19]而窗窺之，見一獰鬼，面翠色，

譯 王生放輕腳步從窗戶偷看，看到一個可怕的鬼怪，綠色的臉，

<<<<<<< ------------------------------------- >>>>>>>

15 魘禳（ráng）以獵食：魘禳，道士畫符咒趕走鬼怪。獵食，指謀生。
16 齋（zhāi）門：書房。17 杜：阻塞，門鎖住了。18 踰垝垣
（guǐyuán）：踰，等於「逾」，越過。垝垣，毀壞的牆。19 躡（niè）跡：
放輕腳步。

齒巉巉如鋸。

譯 牙齒像鋸子一樣尖利。

鋪人皮於榻[20]上，執彩筆而繪之；

譯 她把人皮放在矮床上，手拿彩筆在上面畫畫；

已而擲筆，舉皮，如振衣狀，披於身，

譯 畫完後放下筆，舉起人皮，像穿衣服的樣子，披在身
　　上，

遂化爲女子。

譯 就變成女子。

睹此狀，大懼，獸伏[21]而出。

譯 王生看到這個情形，非常害怕，爬著逃出去。

急追道士，不知所往。

譯 急忙想要找道士，卻不知道他去哪裡。

……徑[22]登生床，裂生腹，

譯 ……鬼怪直接上了王生的床，撕裂他的肚子，

<<<<<<< ------------------------------ >>>>>>>

20 榻（tà）：矮床。21 獸伏：像動物一樣手腳並用爬行出去。22 徑：等
於「逕」，直接，就。

TOCFL B2~C1

掬²³生心而去。妻號。

譯 用手拿出他的心離開。王生的妻子大哭。

婢入燭²⁴之,生已死,腔血狼藉²⁵。……

譯 婢女進屋用蠟燭一照,王生已經死了,胸膛都是血凌亂不堪。……

陳氏拜迎於門,哭求回生之法。

譯 王生的妻子陳氏在門口恭敬跪下迎接道士,哭著求助復活的方法。

道士謝不能。陳益悲,伏地不起。道士沉思曰:

譯 道士推辭說沒辦法。陳氏更傷心,趴在地上沒辦法站起來。道士想想說:

「我術淺,誠不能起死。我指一人,或能之,

譯 「我的法術淺,無法使人復活。我跟你說一個人,他或許可以,

往求必合有效。」問:「何人?」曰:

譯 你去求他一定有效。」陳氏問:「是什麼人?」道士說:

<<<<<<< -------------------------------- >>>>>>>

23 掬(jú):用雙手捧取。24 燭:動詞,點蠟燭照明。25 狼藉:像野狼居住過的草地凌亂不堪。

「市上有瘋者，時臥糞土中。試叩而哀之。

譯 「在市場上有一個瘋子，常常躺在髒亂中。你試著拜
　　訪並哀求他。

倘狂辱夫人，夫人勿怒也。」……

譯 如果他污辱您，您不要生氣。」……

乞人咯痰唾盈把[26]，舉向陳吻曰：「食之！」

譯 乞丐咯了一把痰，舉起向陳氏說：「吃掉它！」

陳紅漲於面，有難色；既思道士之囑，

譯 陳氏漲紅了臉，表情為難；但是想起道士的交代，

遂強啖焉。

譯 便勉強吞下。

覺入喉中，硬如團絮[27]，格格而下，停結胸間。

譯 覺得進到喉中，硬的像團棉花，慢慢降下，卡在胸中。

乞人大笑曰：「佳人愛我哉！」

譯 乞丐大笑說：「美人愛我啊！」

<<<<<<< ------------------------------------ >>>>>>>

26 咯痰唾盈把：清出喉嚨的痰和口水裝了滿滿的一手。27 團絮（xù）：
一團棉花。

TOCFL
B2～C1

遂起行，已，不顧。……

譯 就起身離開，不管她。……

既悼[28]夫亡之慘，又悔食唾之羞，

譯 後來陳氏為丈夫過世感到哀傷，又後悔吃下痰，

俯仰哀啼，但願即死。

譯 放聲大哭，希望馬上死掉。

方欲展血斂屍[29]，家人佇望[30]，無敢近者。

譯 她正要為丈夫整理屍體，家裡其他人都站得遠遠的
看，沒有敢靠近的人。

陳抱屍收腸，且理且哭。哭極聲嘶，頓欲嘔。

譯 陳氏抱著屍體把腸子收進肚子裡，一邊整理一邊哭。
哭到聲嘶力竭，突然想嘔吐。

覺鬲[31]中結物，突奔而出，不及回首，已落腔中。

譯 覺得胸中有一塊東西，突然跑出來，來不及回頭，已
經掉到丈夫胸中。

<<<<<<<< ------------------------------ >>>>>>>>

28 悼（dào）：悲哀、傷感。29 斂屍（shī）：為死者換衣服入棺。30 佇
（zhù）望：佇，久站。指其他家人只敢遠遠的站著看，不敢靠近。31 鬲
（gé）：人體的胸腔。

驚而視之，乃人心也。……以手撫屍，漸溫。

譯 驚訝的往那一看，是人的心臟。……用手摸屍體，慢慢有溫度。

覆以衾褥。中夜啓視，有鼻息矣。天明，竟活。

譯 她爲他蓋上棉被。半夜打開來看，鼻子有呼吸了。天亮後，竟然活過來。

爲言：「恍惚若夢，但覺腹隱痛耳。」

譯 丈夫告訴她：「好像一場夢不清楚，但覺得肚子隱隱作痛而已。」

視破處，痂³²結如錢，尋癒。

譯 看原本破掉的地方，結起了一個像銅錢大小的痂，不久康復了。

異史氏曰：「愚哉世人！明明妖也，而以爲美。

譯 異史氏說：「世人是多麼愚笨啊！明明是妖怪，卻以爲是美人。

迷哉愚人！明明忠也，而以爲妄。

譯 愚笨的人士多麼容易被迷惑啊！明明是忠心的好人，卻以爲是不眞誠的壞人。

TOCFL
B2
～
C1

<<<<<<< ------------------------------------ >>>>>>>

32 痂（jiā）：傷口復原後血液凝結的硬塊。

然愛人之色而漁<sup>33</sup>之，妻亦將食人之唾而甘之矣。

譯 因為喜歡別人的外貌而奪取她，自己的妻子也將把別人的唾液當成美食吃掉。

天道好還，但愚而迷者不悟耳。可哀也夫！」

譯 老天的道理如此公平，但是愚笨被迷惑的人不會明白而已。真是太可悲了呀！」

<<<<<<<< - - - - - - - - - - - - - - - - - - - - - >>>>>>>>

33 漁：動詞，用不正當手段獲得。

# 《儒林外史》筆下的世態炎涼

　　除了長篇的《紅樓夢》和短篇故事組成的《聊齋誌異》，清朝還有一本知名的小說《儒林外史》很特別。作者吳敬梓花了十幾年的時間書寫，全書用一個個短篇小故事**接續**(5)在一起，每個人物的故事可以獨立閱讀，又**環環相扣**(6)，共五十六回，故事裡描寫了近二百個人物，吳敬梓筆下的重要角色，如果用關鍵詞分布圖看人物的出場狀況，不難發現每個角色都有集中出現的章節，但在故事的中後段又有所串連，

類似《史記》類傳的寫法，最後形成一個完整的大
故事。

分布圖：魯編修 王冕 杜慎卿 范進 匡超人

　　《儒林外史》的故事主題是科舉制度下文人的生
活，吳敬梓雖然假託是明朝的故事，但卻<u>不礙</u>讀者
發現他所欲傳達的其實是清朝科舉考試下的社會**百
態**(7)，而且書中的人物，十之八九都真有其人。因
此，《儒林外史》是中國古典知名的諷刺小說。

## 作品欣賞

### 儒林外史（選文）　吳敬梓

周學道¹坐在堂上，見那些童生²紛紛進來；

> 譯 周學道坐在考場上，看那些考生紛紛進來；

TOCFL B2~C1

<<<<<<< -------------------------------- >>>>>>>>

1 學道：古代負責管地方考試的官員，也稱為「學政」。2 童生：明清兩
朝沒有考取秀才的讀書人。

也有小的，也有老的，儀表端正的，獐頭鼠目³的，

譯 有年輕的，也有年老的，有樣貌端正的，有長相討厭
　　的，

衣冠齊楚⁴的，藍縷⁵破爛的。

譯 有衣服整齊漂亮的，也衣服破爛的。

落後點進一個童生來，面黃肌瘦，花白鬍鬚，

譯 後來有一個稍微遲到的考生，面黃肌瘦，鬍鬚都白
　　了，

頭上戴一頂破氈帽⁶。廣東雖是氣溫暖，

譯 頭上戴著一頂破毛帽。廣東當時雖然氣候溫暖，

這時已是十二月上旬⁷，那童生還穿著麻布直裰⁸，

譯 這時候已經是十二月初，那考生還穿著補丁的破麻
　　衣，

凍得乞乞縮縮，接了卷子，下去歸號⁹。

譯 凍得發抖，接過考卷，按照座位坐好。

<<<<<<< ------------------------------------ >>>>>>>

3 獐（zhāng）頭鼠目：長相醜陋令人討厭。4 衣冠齊楚：衣服整齊漂亮。

5 藍縷（lǚ）：衣服破爛的樣子。6 氈（zhān）帽：用獸毛做成的帽子。7

旬（xún）：十天。8 裰（duó）：縫補破衣。9 號：次序。

周學道看在心裡，封門進去。

譯 周學道看在心裡，就封閉了考場大門進去了。

出來放頭牌[10]的時節，坐在上面，

譯 到了第一批考生提前交卷離開的時候，周學道坐在臺
上，

只見那穿麻布的童生上來交卷，

譯 就看到那個穿著麻布的考生上來交卷，

那衣服因是朽爛了，在號裡又扯破了幾塊。

譯 那衣服因為太舊而爛掉，在考場又扯破了幾塊。

周學道看看自己身上，緋袍金帶[11]，何等輝煌。

譯 周學道看看自己身上的衣服，紅色的外衣搭配金色的
腰帶，多麼好看。

因翻一翻點名冊，問那童生道：

譯 所以就翻一翻點名資料，問那考生說：

「你就是范進？」

譯 「你就是范進？」

<<<<<<< ------------------------------ >>>>>>>

10 放頭牌：以前考試的時候第一批提早交卷、被放出的考生。 11 緋（fēi）

袍金帶：紅色的外衣搭配金色的腰帶，指古代的官服。

范進跪下道：「童生就是。」學道道：

（譯）范進跪下回答：「我就是。」學道說：

「你今年多少年紀了？」范進道：

（譯）「你今年幾歲了？」范進說：

「童生冊上寫的是三十歲，童生實年五十四歲。」

（譯）「我在報名表上寫的是三十歲，我實際年齡已經
　　五十四歲了。」

學道道：「你考過多少回數了？」范進道：

（譯）學道說：「你考過多少次了？」范進說：

「童生二十歲應考，到今考過二十餘次。」

（譯）「我二十歲開始參加考試，到今年考過二十幾次。」

學道道：「如何總不進學[12]？」

（譯）學道說：「那為什麼總是沒考上？」

范進道：「總因童生文字荒謬[13]，

（譯）范進說：「大概是因為我的文章不好，

《《《《《《《 -------------------------------------- 》》》》》》》

12 進學：童生參加考試被錄取入政府官學者。13 荒謬（miù）：荒唐、
錯誤。

所以各位大老爺不曾賞取。」

譯 所以各位考官不曾錄取我。」

周學道道：「這也未必盡然。你且出去，

譯 周學道說：「也未必都是這樣。你先出去，

卷子待本道細細看。」范進磕頭下去了。

譯 等我慢慢仔細看你的考卷。」范進磕頭就離開了。

那時天色尚早，並無童生交卷。

譯 那時候天色還早，並沒有其他考生交卷。

周學道將范進卷子用心用意看了一遍，

譯 周學道將范進的考卷用心看了一次，

心裡不喜道：「這樣的文字，都說的是些什麼話！

譯 心裡不高興的說：「這樣的文筆，都在說些什麼話
　 呢！

怪不得不進學！」丟過一邊不看了。

譯 怪不得不被錄取！」把考卷丟到一邊不看了。

又坐了一會，還不見一個人來交卷，心裡又想道：

譯 又坐了一下子，還沒看到一個人來交卷，心裡又想
　 說：

「何不把范進的卷子再看一遍？倘有一線之明[14]，

譯 「我爲什麼不把范進的考卷再看一次呢？如果還有一
點希望，

也可憐他苦志。」從頭至尾，又看了一遍，

譯 也可憐他那麼堅持。」從頭到尾，又看了一次，

覺得有些意思。正要再看看，

譯 覺得有點趣味。正要再看看，

卻有一個童生來交卷。

譯 卻有一個考生來交卷了。

那童生跪下道：「求大老爺面試。」

譯 那考生跪下說：「求主考官面試。」

學道和顏道：「你的文字已在這裡了，

譯 周學道溫和的說：「你的考卷已經在這裡了，

又面試些甚麼？」那童生道：

譯 還要面試什麼呢？」那考生說：

「童生詩詞歌賦都會，求大老爺出題面試。」

譯 「詩詞歌賦我都會，求主考官出題面試。」

《《《《《《 --------------------------- 》》》》》》》

14 一線之明：一點希望。

學道變了臉道：「當今天子重文章，

譯 學道變了臉色說：「現在的皇上重視八股文，

足下[15]何須講漢唐[16]！像你做童生的人，

譯 您為什麼需要會詩詞歌賦！像你當考生的人，

只該用心做文章，那些雜覽[17]，學他做甚麼！

譯 只應該專心寫八股文，那些不正統的學問，學它們做
  什麼？

況且本道奉旨到此衡文[18]，

譯 而且我奉皇帝的命令到這裡閱卷批改文章，

難道是來此同你談雜學的麼？

譯 難道是來這裡和你談詩詞歌賦的嗎？

看你這樣務名而不務實，那正務自然荒廢，

譯 像你這樣只求名而不務實，那八股文當然就不能寫
  好，

<<<<<<<< ------------------------------- >>>>>>>>

15 足下：以前下對上或對平輩人的敬稱。16 漢唐：即詩詞歌賦。17 雜
覽：明清考試考八股文，不單獨考詩詞歌賦，因此這裡被認為是不正統的
學問。18 衡（héng）文：衡，量重量的器具。衡文指閱卷批改文章。

TOCFL B2~C1

都是些粗心浮氣的説話，看不得了。左右的！

譯 都只能亂說話，不值得看了。來人！

趕了出去！」一聲吩咐過了，

譯 把他趕出去！」一聲交代過後，

兩傍[19]走過幾個如狼似虎的公人，

譯 兩邊走來幾個很兇的官差，

把那童生叉著脖子，一路跟頭，叉到大門外。

譯 把那個考生隨意抓住，一路跌撞，抓到大門口外。

周學道雖然趕他出去，卻也把卷子取來看看。

譯 周學道雖然把他趕出去，卻也把他的考卷拿來看看。

那童生叫做魏好古，文字也還清通。學道道：

譯 那個考生叫做魏好古，八股文寫得還不錯。學道說：

「把他低低的進了學罷。」因取過筆來，

譯 「就讓他低分錄取了吧。」就拿起筆，

在卷子尾上點了一點，做個記認。

譯 在考卷後點了一點，做個記號。

第10章

<<<<<<< ------------------------------->>>>>>>

19 兩傍（páng）：等於「兩旁」。

又取過范進卷子來看。看罷，不覺嘆息道：

譯 又拿范進的考卷來看。看完，忍不住嘆氣說：

「這樣文字，連我看一兩遍也不能解，

譯 「這樣的八股文，連我看一兩次都不能理解，

直到三遍之後，纔曉得是天地間之至文！

譯 一直到第三次之後，才知道是世界上非常好的文章！

真乃一字一珠！可見世上糊塗試官，

譯 真是每個字都像珍珠一樣珍貴！可見世界上有多少糊塗的考官，

不知屈煞[20]了多少英才！」忙取筆細細圈點，

譯 不知道委屈了多少有才華的人！」急忙拿筆仔細批改，

卷面上加了三圈，即填了第一名。

譯 考卷上加了三個圈，就打了第一名。

又把魏好古的卷子取過來，填了第二十名。

譯 又把魏好古的考卷拿過來，打了第二十名。

<<<<<<< ------------------------------ >>>>>>>

20 屈煞（shà）：屈，委屈。煞，極，非常。非常委屈的意思。

TOCFL B2~C1

明清小說的總體特色

明朝的章回小說，包括《三國演義》、《水滸傳》、《西遊記》都是從說書人的底本整理而成。他們崇拜英雄，人物眾多，情節複雜，用語淺白，形成了長篇章回體演義小說的風氣。

到了清代，文人關心現實與虛幻[8]的界線，他們擅長用真假虛構的故事，來反映真實世界。《聊齋誌異》是短篇文人小說，透過鬼狐妖怪討論人性。《儒林外史》託言[9]明朝故事，其實寫的正是清代的科舉眾生。而曹雪芹吸收章回小說的特色，用真真假假交織[10]的方法，寫下自己的長篇自傳故事《紅樓夢》。這些小說繼承了古典文學的敘事傳統，用委婉、對比的方式反映現實；同時也繼承了抒情傳統，除了小說中有許多詩歌外，寫作思想也反對官場權力爭奪，追求人性自然美好，將自己生命的體會投射到角色人物之中，融情入事，以事抒情，並富有哲理，成為敘事傳統、抒情傳統的美好交會。

# 生詞表

| | |
|---|---|
| qīnxìn<br>(1) 親信（亲信） | trusted aide [N] |
| quánguì<br>(2) 權貴（权贵） | bigwig [N] |
| měikuàngyùxià<br>(3) 每況愈下（每况愈下） | On the slide [Idiom] |
| yǐngshè<br>(4) 影射 | allude [V] |
| jiēxù<br>(5) 接續（接续） | continue [V] |
| huánhuánxiāngkòu<br>(6) 環環相扣（环环相扣） | hand in hand [Idiom] |
| bǎitài<br>(7) 百態（百态） | vicissitudes of life [N] |
| xūhuàn<br>(8) 虛幻（虚幻） | illusory [A] |
| tuōyán<br>(9) 託言（托言） | excuse [V] |
| jiāozhī<br>(10) 交織（交织） | interweave [V] |

TOCFL
B2
～
C1

# 【語法】

## 1. 迫使（force）

曹雪芹的父親因爲事件被免職、沒收財產，<u>迫使</u>曹雪芹隨家人搬家到北京。

例句1：老闆長年的壓榨，<u>迫使</u>員工群起抗議。

例句2：媽媽的早逝，<u>迫使</u>她必須承擔起母親的責任，照顧年幼的弟弟妹妹。

---

## 2. 不可不（Can't help but）

蒲松齡的《聊齋誌異》是<u>不可不</u>提的清代著名短篇文人小說，他通過大量鬼狐花妖的形象，來批評現實人生的黑暗。

例句1：若是來到這座城市，<u>不可不</u>嚐嚐現做的蔥油餅。

例句2：一個人外出，<u>不可不</u>特別注意自身安全。

---

## 3. 不礙（did not hinder）

吳敬梓雖然假託是明朝的故事，但卻<u>不礙</u>讀者發現他所欲傳達的其實是清朝科舉考試下的社會百態。

例句1：雖然天空飄起小雨，但<u>不礙於</u>比賽的進行。

例句2：妹妹雖然還不會說話，但透過比手畫腳，仍然<u>不礙於</u>溝通。

## 【問題與討論】

1. 《儒林外史》開篇寫道：「人生南北多歧路，將相神仙也要凡人做。百代興亡朝復暮，江風吹倒前朝樹。功名富貴無憑據，費盡心情，總把流光誤。濁酒三杯沉醉去，水流花謝知何處。」這首詩和陶淵明的想法有什麼異同？你認同嗎？

2. 敘事傳統和抒情傳統的哪些特色在小說中整合？除了課文所說，還有沒有其他？請試著進行歸納。

3. 在你的國家最有名的小說比較類似中國古典小說的哪一部？請試著就內容主題和寫作技巧進行比較。

TOCFL B2～C1

# 筆記頁

國家圖書館出版品預行編目(CIP)資料

超數位讀中國文學/邱詩雯著.--初版.--臺北
市:五南圖書出版股份有限公司, 2023.08
面 ; 公分
ISBN 978-626-366-458-6(平裝)

1.CST:中國文學 2.CST:數位學習

820                                  112013062

1XY0

# 超數位讀中國文學

作    者 ─ 邱詩雯(151.9)

發 行 人 ─ 楊榮川

總 經 理 ─ 楊士清

總 編 輯 ─ 楊秀麗

副總編輯 ─ 黃文瓊

責任編輯 ─ 吳雨潔

封面設計 ─ 陳亭瑋

封面繪圖 ─ 王宇世

美術設計 ─ 姚孝慈、王宇世

出 版 者 ─ 五南圖書出版股份有限公司

地    址:106台北市大安區和平東路二段339號4樓

電    話:(02)2705-5066    傳    真:(02)2706-6100

網    址:https://www.wunan.com.tw

電子郵件:wunan@wunan.com.tw

劃撥帳號:01068953

戶    名:五南圖書出版股份有限公司

法律顧問  林勝安律師

出版日期  2023年8月初版一刷

定    價  新臺幣350元

# 經典永恆・名著常在

## 五十週年的獻禮──經典名著文庫

五南，五十年了，半個世紀，人生旅程的一大半，走過來了。
思索著，邁向百年的未來歷程，能為知識界、文化學術界作些什麼？
在速食文化的生態下，有什麼值得讓人雋永品味的？

歷代經典・當今名著，經過時間的洗禮，千錘百鍊，流傳至今，光芒耀人；
不僅使我們能領悟前人的智慧，同時也增深加廣我們思考的深度與視野。
我們決心投入巨資，有計畫的系統梳選，成立「經典名著文庫」，
希望收入古今中外思想性的、充滿睿智與獨見的經典、名著。
這是一項理想性的、永續性的巨大出版工程。
不在意讀者的眾寡，只考慮它的學術價值，力求完整展現先哲思想的軌跡；
為知識界開啟一片智慧之窗，營造一座百花綻放的世界文明公園，
任君遨遊、取菁吸蜜、嘉惠學子！